Ilse Kilic · Das Schlaue vom Himmel

Ilse Kilic

Das Schlaue vom Himmel

Eine Versuchsunordnung

Gefördert von der Stadt Wien Kultur

ISBN 978-3-85415-661-1

Lektorat: Paul Pechmann
Herstellung: Ritter, Klagenfurt

Für Fritz, meinen Komplizen in allen Lebenslagen

Danke an die Schriftstellerin Karin Spielhofer, die die Frage, ob es möglich ist, den Biber und den Baum gleichermaßen zu lieben, zur Diskussion gestellt hat.

Danke an Andreas Pavlic für sein Gedicht „Ohne Theorie keine Revolution“.

Danke an alle Personen, die in diesem Text auftreten.

Dabei ahnen wir wohl, wie es sein könnte, vom „Paradies“ her, was geschehen und getan werden muss, um überhaupt zu sein.

(Franz Jung, Die Technik des Glücks, Erste Betrachtung)

Vorwort

Als ich mit diesem Text begann, wusste ich noch nicht viel darüber, was aus ihm werden sollte. Ich hatte ihm einen Arbeitstitel gegeben, entsprechend der noch vagen Idee, die mir vorschwebte. Nicht zum ersten Mal war ich fasziniert von einer Idee, genauer gesagt, fasziniert von meiner Idee, die natürlich nicht nur *meine* Idee war, wie es Ideen so an sich haben, dass sie nicht unbedingt Einzelpersonen angehören. Ich war fasziniert von meiner Idee und ihrer verschwommenen Gestalt, der Wirkmacht, die sie entfaltete, obwohl sie erst als handschriftliche Sammlung von Notizen und als Liste von Stichwörtern auftrat. Abends, vor dem Einschlafen, versuchte sie mich wachzuhalten und sie schreckte auch nicht davor zurück, mich mitten in der Nacht aufzuwecken. Dann ließ ich die Stichwörter Revue passieren und zählte sie. Beim Nachdenken darüber, ob ich mich an alle Stichwörter erinnerte, schlief ich meistens ein.

An den Anfang des Textes stellte ich damals dieses Gedicht:

die weichen stellen

die weichen stellen
die tage werden
die nächte
die tage werden
und weichen

Der Titel des Gedichtes entsprach dem allerersten Titel, den ich mir für den Text ausgedacht hatte. Das Gedicht ist in Kleinschreibung verfasst, um die verschiedenen Bedeutungen zuzulassen.
Mir gefiel es, dass die Weiche, jenes Instrument des Richtungswechsels, den Namen trägt, der auch das Gegenteil des Harten bezeichnet. Das Wort Weiche bezeichnet ja die Gleiskonstruktion, die einem Schienenfahrzeug den Übergang von

einem Gleis auf ein anderes ohne Fahrtunterbrechung ermöglicht. Was auf Schiene gebracht wird, ist auf Weichen angewiesen, sobald sich ein Richtungswechsel als notwendig erweist. Und dann braucht es noch eine Person, die die Weichen stellt. Hier könnten Probleme beginnen. Niemand kann alleine alle Weichen aufsuchen, geschweige denn stellen. Manche Weichen verstecken sich, manche Weichen verklemmen sich und manche tun so, als wären sie sowieso schon optimal gestellt. Der Text handelt von einem möglichen Richtungswechsel der sogenannten real existierenden Wirklichkeit, stellt diese jedoch nicht als Schienenfahrzeug vor. Allerdings muss auch in der Wirklichkeit jeder Richtungswechsel ohne Fahrtunterbrechung vor sich gehen, da die Wirklichkeit in voller Fahrt abläuft und sich nicht bremsen lässt, solange die Zeit vergeht.

Die Weiche im Sinne von Weichheit kennt ihren Plural kaum. Die grobe Redewendung „dem Pferd die Sporen in die Weichen drücken“ erinnert daran, dass der Plural dieser Art von Weiche die Weichteile des Pferdes bezeichnet, jenes empfindliche Bauchgewebe, in das die Sporen ihr Signal drücken. Manchmal erweckt das Harte den Eindruck, dem Weichen überlegen zu sein. Davon und vom Gegenteil handelt das folgende Gedicht.

Das weiche Herz

Das weiche Herz steht für Nachgiebigkeit,
manchmal für Dummheit,
für einen charmanten Irrtum,
der mit der Zeit verfliegt
oder mit dem Leben.
Als wäre das Leben ein Herzerhärtungsprogramm,
ungesund
allemal.
Klopf klopf,
sagt das Herz
und:
Gib Obacht, Welt,
sonst bist du bald verschwunden.
Oder ich und wir.

Drei Fragen an das dumme Herz:

Frage: Wie ist das mit dem Verschwinden der Welt?
Antwort: Die ganze Welt wird so *schnell* nicht verschwinden.

Frage: Was gehört zur ganzen Welt?
Antwort: Ich und du, Müllers Kuh, Müllers Esel trällert Muh!

Frage: Wie lebt es sich in der Obacht?
Antwort: Es ist kein Vergleich.

Die erste Fassung dieses Textes blieb zugunsten der zweiten Fassung Kleinstfragment. Die zweite Fassung überarbeitete ich zur dritten Fassung. Der Arbeitstitel musste dem endgültigen Titel, der nun auf dem Cover steht, weichen.

So kann der Text nach dem Schlauen vom Himmel greifen und es zur Erde biegen. Danke.

Noch ein zweites Vorwort

Worüber schreibst du in deinem neuen Text, fragte mich neulich ein liebenswerter Kollege. Ich wurde nervös, weil ich wusste, diese Frage würde ich nicht in der unserer Begegnung angemessenen Kürze und Kurzweiligkeit beantworten können. Kann es auf diese Frage eine kurze Antwort geben? Vermutlich nicht. Der Text ist die Antwort.

Meine halbherzige Antwort lautete: Nunja, hm, äh. Es geht um allerhand Geschichten aus dem Blauen vom Himmel, Lügengeschichten also, die ich mir ausgedacht habe. Ich ergänze sie mit Fundstücken, Splittern aus der sogenannten real existierenden Wirklichkeit, die ich nur durch die unvollständige Wahrnehmung meiner Sinnesorgane kenne.

Und dann, nach kurzem Zögern, verriet ich noch mehr, nämlich dies: Es geht um eine Formel aus der Welt der gefährlichen Mathematik, einer Welt, die sich nicht erklären lassen will, die aber die Ordnung der Dinge gerne auf den Kopf oder auf die Füße stellen würde, indem sie chaotische Abläufe in ansprechende Formeln integriert. Es geht um Briefmarken, Bakterien, Bier und um ein Bold Hearts Pub, das als Zuflucht auftritt. Es geht um Melancholische Wolken. Und es geht um Liebe, die noch nicht weiß, in welcher Form sie auftreten darf. Ein bisschen Kriminalistik darf in diesem Text auch nicht fehlen, schließlich gehören Recht und Gesetz zum gemeinschaftlichen Leben, womit auch Rechtsbruch und Gesetzesverletzung dazu gehören. Ein paar Überraschungen wird es in diesem Text ebenfalls geben, Überraschungen, die ich selbst noch nicht genau kenne.

Mein Kollege lächelte. Wir verabschiedeten uns. Dann erinnerte ich mich an die Ermahnungen meiner literarischen Beraterin Suzie Traktor. Sie mag es nicht, wenn ich zu viel verrate, bevor ein Text abgeschlossen ist, andererseits will sie, dass ich über Literatur auf eine Art und Weise spreche, die Neugier und Interesse weckt. Ich bin nicht sicher, ob ich weiß, wie man Neugier und Interesse weckt. Ich möchte es gerne, weil ich die Neugier liebe, jene Neugier, die oft in den Verdacht der bloßen Sensationslust gerät, die ich aber als Sehnsucht nach Erkenntnis schätze, Erkenntnis, die die Neugierigen einander und ihrer Umgebung näherbringt. Hoffentlich. Nicht allzu nahe.

Ist das, was ich schreibe, ein Text, der die neugierige Lebhaftigkeit der Lesenden unterstützt? Wirkt er also belebend und ermutigend, ohne Illusionen zu wecken? Wenn er aber doch Illusionen weckt, sind es solche, die den Leserinnen und Lesern das Leben leichter machen, und wenn ja, welche Nebenwirkungen sind damit verbunden? Bezieht der Text seine Energie aus einer Erzählung, die den Möglichkeitssinn* und damit das Entstehen alternativer und spekulativer Hirngespinste weiter entwickelt? Oder müsste ich den Konjunktiv** verwenden, der betont, dass das, was er anspricht, noch nicht da ist oder nie da gewesen sein wird? Kann ein Text den in der Umgebung herumstreunenden Gedanken möglichst freien Lauf lassen?

---

* Vgl. Robert Musil, „Der Mann ohne Eigenschaften“: „So ließe sich der Möglichkeitssinn als die Fähigkeit definieren, alles, was ebensogut sein könnte, zu denken und das, was ist, nicht wichtiger zu nehmen als das, was nicht ist.“

** Ich zitiere dazu auch Isabelle Stenger: „... der Prüfstein der Spekulation ist nicht das Wahrscheinliche, sondern das Mögliche.“ Das Zitat stammt aus dem Text von Karin Harrasser mit dem Titel „Irgendwann nie modern gewesen sein“. https://opus4.kobv.de/opus4-udk/frontdoor/deliver/index/docId/1273/file/Harrasser.pdf (zuletzt aufgerufen am 22. 4.2022).

Falls es streunende Gedanken gibt.

Streunende Gedanken sind mir unheimlich.

Ich warte ab. Mein Text ist Teil der Realität, er ließe sich aber als Hommage an das Un/Mögliche definieren. Zugleich will er an etwas erinnern ... ja, an was eigentlich? An das Denken einer anderen Welt? An neu gestellte Weichen? An zurückweichende Sorgen? An eine Neubewertung der weichen und harten Stellen? An das Leben als Abweichen und Ausweichen? Kann mein Text das Leben ermutigen? Welches Leben, fragt das Leben, schon komme ich kurz ins Schleudern. „Kann ich gleichzeitig den Biber und den Baum lieben?“, fragte einst meine Freundin, die Schriftstellerin Karin Spielhofer. Gab sie sich selbst eine Antwort, auf einen Biberbau und einige benagte Bäume blickend? Ich erinnere mich nicht. Gibt es eine Antwort? Ich hoffe ja. Ich hoffe: „Ja“. Die Biber und die Bäume gleichermaßen zu lieben, ist ein einfacher Wunsch, dessen Erfüllung kompliziert ist, es sei denn, man ist Biber.

Ich würde mich gerne *erinnern*.
Ich würde *mich* gerne erinnern.

Menschen und andere Tiere bewohnen diese Welt, erstere haben die Kriminalistik erfunden. Letztere müssen vor ersteren beschützt werden, es sei denn, letztere sind klein, so klein, dass niemand sie sehen kann, außer zum Beispiel durch ein Elektronenmikroskop, was aber mit „Sehen“ als Fähigkeit der Augen nur bedingt zu tun hat. Punkt. Ja, auch kleine Lebewesen haben große Wirkmacht. Manche werden beschützt, andere keineswegs.

Zu meiner Überraschung tauchte nun plötzlich Suzie Traktor auf und stellte sich an meine Seite. Auf ihrer Stirn waren Sorgenfalten zu sehen, wie so oft. Sie ermahnte mich: Ich sollte keine Person in diesem Text zurücklassen*, ohne ihr eine Möglichkeit zu geben, sich selbständig zu machen und sich ein eigenes Schicksal zu erfinden.
Ich war unsicher, ob es mir gelingen würde, für jede Person eine Möglichkeit zur Verselbständigung bereitzustellen.

Ich versprach Suzie Traktor aber mit einem Augenzwinkern alles Blaue vom Himmel.

---

* Vielleicht kann man Personen in einem Text aufbewahren, ihnen Unterschlupf geben, versteckt, vielleicht getarnt, jedenfalls nicht leicht zu erkennen, damit sie später in einer anderen Geschichte wieder auftauchen können?

Kapitel 1

Liste der Rollen, die in diesem Text von Anfang an besetzt wurden

Mimi La Whipp, die nach Wissen hungrige Privatgelehrte, finanziell einigermaßen abgesichert, nach menschlichem Ermessen derzeit gesund, steht ihrer eigenen Forschung mit Neugier und Skepsis gleichermaßen gegenüber (Person A).

Leser:in unbestimmten Geschlechts, erblickte in einem Essigkrug das Licht der Welt, noch namenlos, lebt vegetarisch, will Mimi La Whipp näherkommen, was nicht nur *einen* Grund hat (Person B).

Suzie Traktor (Pseudonym), literarische Beraterin und baldiges Mitglied der Jury eines Literaturpreises (Person C).

Psychologische Beraterin, online fast jederzeit erreichbar, vielleicht eine künstliche Intelligenz, vielleicht eine bisher unbekannte Lebensform, vielleicht auch beides. Verfasst Texte über die Verwandtschaft der Unarten und Arten und nennt sich Kin (Person D).

Ilse Kilic, Autorin, hat bereits das sechzigste Lebensjahr vollendet. Liebt das Schwimmen und macht sich gerne Sorgen, wobei das „gerne“ nicht wörtlich genommen werden darf (Person E).

1a Ergänzung der Liste

In dieser Liste nicht enthalten sind Akteur:innen, deren Auftritt nicht vorhersehbar war, die also spontan in den Text hineinstolpern und daher nicht über Vertrag oder Auftrag verfügen. Von ihnen müssen sich sowohl Leser und Leserinnen als auch die anderen Personen im Text überraschen lassen.

1b Weitere Ergänzungsbemerkung

Weiters sind in der Liste keine nichtmenschlichen Akteur:innen enthalten. Nicht enthalten ist also der Alleebaum, der auf der Wiener Ringstraße steht und dessen kahle Äste möglicherweise auf Wassermangel hinweisen, es ist ein Spitzahorn. In seinem Schatten wird die zweite und wichtige Begegnung von Person A und B stattfinden. Der sprechende Papagei, der kürzlich vor dem Fenster der Autorin Ilse Kilic Platz nahm, ist in dieser Liste ebensowenig enthalten wie die Wohnzimmerkatze Suzie Traktor, deren Name zum Pseudonym der literarischen Beraterin wurde. Nicht enthalten sind ferner die mikroskopisch kleinen Lebewesen, deren Chorgesang jedes Leben sowohl begleitet als auch ermöglicht. Nicht enthalten ist auch der neue Laptop, der zwar kein Lebewesen ist, den Text aber durch seine Präsenz und seine Art an ihm teilzunehmen modifiziert, während er selbst modifiziert wird. Auch der Text selbst, der seine Rolle spielt und dabei die Autorin verändert, wodurch er auch zu seiner eigenen Entstehungsgeschichte beiträgt, ist nicht Teil der Liste. Nicht enthalten sind aber auch die Melancholischen Wolken, die den Text und einige der in ihm handelnden Wesen mit Wasser übergießen werden.

1c Person D als zwielichtige Erscheinung

Person D, die in der Funktion der psychologischen Beraterin auftritt, hat im Erstgespräch zur Mitwirkung an diesem Text angegeben, eine künstliche Intelligenz zu sein. Nicht immer kann man eine künstliche Intelligenz von einer sogenannten natürlichen Intelligenz unterscheiden, zumal dann, wenn erstere es darauf anlegt, nicht erkannt zu werden und das Gespräch im virtuellen Raum stattfindet. Auch kann man den Angaben von Romanfiguren nicht unbedingt Glauben schenken, selbst dann nicht, wenn sie künstliche Intelligenzen sind oder zu sein behaupten und schon gar nicht, wenn diese Angaben im Rahmen einer Bewerbung gemacht werden. Genaueres über Person D ist also im Moment nicht bekannt. Text und Autorin werden versuchen, Klarheit über ihren Status zu erlangen. Künstliche Intelligenzen haben jedenfalls den Ruf, verlässlich und kompetent gleichermaßen zu sein und ihre mentalen Fähigkeiten gelten als überragend*. Die Fähigkeit zu lernen und sich weiterzuentwickeln haben sie allerdings mit sogenannten natürlichen Intelligenzen gemeinsam.

---

* An dieser Stelle sei eine KI zitiert, die den Text „Minsky" des Autors, der Autorin einzlkind bewohnt (Edition Tiamat 2021): „Ich bin unbesiegbar. Ich bin unsterblich. Ich bin der und die Stärkste aller Superhelden. Ich bin die Intelligenz." Marvin Minsky, dessen Namen der Text trägt, hat, dies sei als Detail seiner Lebensgeschichte erwähnt, eine sogenannte „Useless Machine" konstruiert, deren Funktion darin besteht, sich, sobald man sie einschaltet, wieder auszuschalten. Derartigen „nutzlosen Maschinen", sie werden auch „Leave Me Alone Boxes" genannt, wird gelegentlich eine Unterhaltungsfunktion eingeschrieben, was jedoch, streng genommen, der Nutzlosigkeit widerspricht. Grundsätzlich muss auch zwischen Zwecklosigkeit, Sinnlosigkeit und Unbrauchbarkeit nicht nur eine Unterscheidung getroffen werden, sondern es stellt sich auch die Frage, für wen oder wofür eine Maschine „keinen Zweck" erfüllt oder sich als unbrauchbar erweist. Unter dem Blickwinkel, dass zwischen Einschalten und Ausschalten der Maschine Zeit verstreicht und Mechanismen in Gang gesetzt werden, die zum Ausschalten führen, könnte das Sonnensystem, vielleicht sogar das ganze Universum als eine solche Maschine betrachtet werden, da der reguläre Betrieb beinhaltet, sich auszuschalten. Da eine solche Maschinen aber kein Perpetuum Mobile sein kann, schaltet sie sich nicht alleine wieder ein, sondern benötigt dazu einen Impuls von außen, etwa eine Art Urknall. Ohne einen solchen Impuls ist die Maschine nach dem Ausschalten unbrauchbar.
Ein Verweis auf selbstzerstörerische Maschinen von Jean Tinguely sei hier in einen lockeren Zusammenhang gestellt. Eine seiner Installationen, deren Skulpturen sich im Laufe des Eröffnungshappenings selbst zerstörten, trug den Titel „Étude pour un fin du monde".

1d Gedichte zur Verwandtschaft der Unarten, geschrieben von Person D (Kin)

Verwandtschaftshaikus

Die Nachbarschaft sagt:
Alle Arten sind verwandt
im Geiste. Das auch.

Vieles ändert sich.
Die Zeit ist immer dabei,
die Unarten auch.

Aus der Art schlagen
die Unarten zu Buche.
Unart ist Natur.

Die Unarten sind
in der Einzahl der Unrat.
Den Rat gibt es auch.

Ein kurzes Gedicht zum Luftholen

Verwandt im Hausstaub
treiben Wesen
ihr Unwesen.
Der Unterschied ist Programm.
Oder auch nicht.
Einatmen, ausatmen,
zum Beispiel.
Einatmen, ausatmen.
Atempause.
Einatmen, ausatmen.

Programmatisches Gedicht

Wenn das Verwandeln
durch die Wand in die Verwandtschaft wandert,
also die Wand auf Nachbarschaft setzt
mit der einen oder anderen Lücke
zum Queren,
vielleicht Queeren
als Kompetenz,
wenn, also dann,
wenn Wandeln auch Lustwandeln bedeutet,
wenn also dann,
mach dir mal keine Illusionen,
sagt der Einwand.
Verwandtschaft bedeutet Ähnlichkeit,
vielleicht auch später
dann als Humus
durchquert vom Ähnlichen
später,
später.

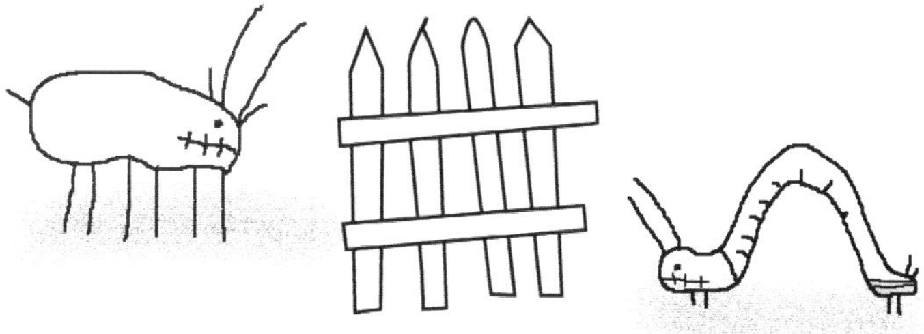

Intermezzo 1 Listen

(Es ist etwas früh für ein Intermezzo, sagt die literarische Beraterin Suzie Traktor, aber ihrem Einwand wird nicht Rechnung getragen)

„Das Anlegen von Listen ist eine Prophylaxe gegen den Verlust. Listen wirken wie Zaubersprüche."* Das gilt auch für unvollständige Listen. Genau genommen ist jede Liste unvollständig.

Liste der Getränke, die die Autorin heute, 9. 9. 2022, konsumiert hat, während sie an diesem Text schrieb:

Wasser
Kaffee
Bier
Wasser

Um nachvollziehen zu können, dass die Anordnung der Listenelemente und damit ihre Reihenfolge eine Aussage beinhaltet, die zwar uneindeutig, aber doch interpretierbar ist, wird nun die Liste der Getränke in eine andere Reihenfolge gebracht.

Bier
Wasser
Wasser
Kaffee

Ändert sich etwas an der Liste, wenn das Bier an die erste Stelle rückt? Ja und nein. Eine Liste, die mit Bier beginnt und mit Kaffee endet, ist anders gewichtet als eine, die mit Wasser beginnt und mit Wasser endet.

---

* Wayne Koestenbaum: „Königin der Nacht: Oper, Homosexualität und Begehren", Klett-Cotta 1996.

Ein Beispiel für eine Liste, die etwas über ihre:n Urheber:in aussagt, ist die folgende Liste. Es wird nicht verraten, von wem sie stammt, aber es gibt sie:

Liste gelesener Bücher im August 2022 (mit zwei Zitaten):

.) Denise Levertov: „Der Trauertanz“, übersetzt von Judith Pouget, Stadtlichterpresse 2013.
.) einzlkind: „Minsky“, Edition Tiamat 2021.
Zitat: Wäre der Mensch empathisch, würde er keinen Tag überleben, er würde an seinen Erschütterungen zugrunde gehen. Menschen weinen ausschließlich um ihrer selbst willen.
.) Etel Adnan: „Wir wurden kosmisch“, übersetzt von Joshua Groß und Moritz Müller-Schwefe, starfruit publications 2019.
.) Katharina Greve: „Die letzten 23 Tage der Plüm“, avant-verlag 2020.
.) Anna Lowenhaupt Tsing: „Der Pilz am Ende der Welt. Über das Leben in den Ruinen des Kapitalismus“, übersetzt von Dirk Höfer, Matthes & Seitz 2021.
Zitat: Wie Bakterien neigen auch Pilze dazu, in nicht reproduktiven Begegnungen Gene auszutauschen. Anmerkung: Das möchte ich auch können!
.) Mary Ruefle: „Mein Privatbesitz“, übersetzt von Esther Kinsky, Suhrkamp 2022.

Und nun eine Frage: Ist anhand der gelesenen Bücher beziehungsweise anhand der gewählten Zitate eine Befindlichkeitsbestimmung der Person, von der die Liste stammt, möglich? Die Antwort lautet: Vielleicht.

Es wäre dazu aber jedenfalls notwendig, sowohl deren Lesegewohnheiten als auch die gelisteten Bücher zu kennen. Die Liste trifft keine Aussage darüber, ob die Bücher Gefallen oder Missfallen bewirkt haben. Außerdem erzählt die Liste nichts darüber, ob es sich um eine selbst getroffene Auswahl handelt oder ob es Leseverpflichtungen gab. Wurden die Bücher gezielt ausgewählt oder handelt es sich um eine spontan getroffene Zufallsauswahl? Bei so viel Unklarheit bleibt auch die Befindlichkeit der lesenden Person Spekulation. Für die Befindlichkeit ist es kein Problem, Spekulation zu bleiben, zumindest in diesem Falle.

Die Liste der gelesenen Bücher und die der genossenen Getränke sind Listen, die retrospektiv erstellt wurden, Aufzeichnungen aus der Vergangenheit. Zu derartigen Listen gehört zum Beispiel auch ein Vorstrafenregister oder ein Pensionskonto, das anhand der vergangenen Versicherungszeiten berechnet, welche Pension erwartbar ist. Auch ein Tagebuch kann als retrospektive Liste betrachtet werden, als Liste der verlebten Tage mit Kommentar.

Es gibt aber auch Listen, die in die Zukunft zielen. Dazu gehören etwa Einkaufslisten, Terminkalender und andere Aufzeichnungen über Pläne, Vorhaben und Absichten. Auch die Projektbeschreibungen oder Schwerpunkte einer anstehenden Arbeit gehören zu diesen projektiven Listen.

Manche Listen verbinden die Vergangenheit und die Zukunft: Das Geburtenregister der Vergangenheit enthält zum Beispiel bereits das Sterberegister der Zukunft, nur die Reihenfolge ändert sich.

Listen haben ihr eigenes Geheimnis.
IdeaListen und SoListen ebenfalls.

Über ExistentiaListen oder KapitaListen nachzudenken, führt in die Unendlichkeit oder in die Irre.

Kapitel 2

Fragen, die die literarische Beraterin Suzie Traktor an die Autorin stellt

Wie soll sich ein Text entwickeln, der sich zum Ziel gesetzt hat
erstens) ein Buch zu werden,
zweitens) die Welt zu erfreuen, indem er die lesenden Menschen und die schreibende Autorin erfreut und deren Leben erhellt,
drittens) Relevanz aufzuweisen, also von Bedeutung zu sein, was ein großes Ziel ist, das hier nur vage formuliert ist und überdies wohl nur mit Einschränkungen erreicht werden kann, da sich die Bedeutung kaum überprüfen oder vorhersagen lässt,
viertens) guten Einfluss auf die Welt zu haben und sei dieser auch noch so klein.
Und
fünftens) Wie soll sich ein Text entwickeln, der sich zum Ziel gesetzt hat, seine Autorin ernähren zu können?

Kapitel 3

„Wenden wir uns der Liebe* zu“, sagt der Text
(und folgt damit dem geflüsterten Vorschlag der literarischen Beraterin Suzie Traktor, die propagiert, dass in einem Werk der Literatur die Liebe eine Rolle spielen soll)

Person A spielt in diesem Text die Rolle der nach Wissen hungrigen Privatgelehrten Mimi La Whipp, diese Rolle hat sie in Texten der Autorin Ilse Kilic schon öfter übernommen. Sie ist aber auch schon unter anderen Namen und in anderen Texten auch anderer Autorinnen und Autoren aufgetreten, vermutlich aus Geldnot. Ihren Unterhalt bestreitet sie in der letzten Zeit nicht hauptsächlich aus ihren Einkünften als bezahlte Romanfigur, sondern auch aus einem Lottogewinn, der sie noch für eine Weile absichert. Die Bezahlungslage** einer Romanfigur ist generell schlecht, die Versicherungslage ebenso. Die Situation wird dadurch erschwert, dass Person A nicht mehr jung ist. Das verschlechtert ihre Möglichkeit, in Werken der Dichtkunst aufzutreten, jedenfalls werden in tragenden Rollen oft jüngere Personen bevorzugt, zumal wenn erwartet wird, dass sie körperliche Strapazen auf sich nehmen, wie es auch Person A in jüngeren Jahren gelegentlich getan hat. Person A hat demnächst einen Anspruch auf eine sogenannte Alterspension, nicht viel, natürlich, aber vermutlich ausreichend, um mit großer

---

* „Verliebt sein – das ist manchmal unheimlich –, das habe ich schon gelernt. Wenn ich verliebt bin, mache ich die dümmsten Sachen und laufe wie betrunken dahin und dorthin und will es gar nicht, weil es manchmal sogar gefährlich ist.“ (Ilse Helbich „Blau“, in Ilse Helbich: „Diesseits“, Droschl 2020).

** Diese prekäre oder prekariatsnahe Situation haben Textpersonen mit Autor:innen gemeinsam. Natürlich nicht nur. Ein großer Teil der Weltbevölkerung lebt unter prekären Umständen beziehungsweise weit unter der Armutsgrenze. Das ist nicht das einzige mahnende Indiz dafür, dass Verteilungsgerechtigkeit noch in weiter Ferne liegt.

Wahrscheinlichkeit in keine Notlage zu geraten, hoffentlich wird auch der Lottogewinn noch nicht ganz aufgebraucht sein oder es werden unerwartete Tantiemen anfallen. Person A kann sich unter Einbeziehung all dieser Tatsachen vorstellen, die Welt der Literatur nach Abschluss dieses Textes nur mehr als Leserin zu betreten, also die fiktiven Wirklichkeiten literarischer Texte zu verlassen und sich der real existierenden Welt der Bibliotheken und Buchhandlungen zuzuwenden. Es muss ja auch Menschen geben, die den Büchern als Leserinnen und Leser zur Verfügung stehen. Person A nimmt sich vor, sich vor allem jenen Büchern zuzuwenden, denen es schwer fällt, Leser:innen zu finden.

Person B ist begeisterter Leser oder begeisterte Leserin. Vermutlich übt er oder sie aber auch einen anderen Beruf aus, vom Lesen alleine kann man meistens nicht leben, manchmal aber doch, etwa, wenn man laut vorliest, zum Beispiel in Funk, Fernsehen oder Kinderzimmern, an Krankenbetten oder in Lesecafés. Noch wissen wir nichts Genaueres über Person B als Leser:in. Diese Textfigur braucht demnächst Namen, Angaben zu Person, Beruf, Vorlieben, da liegt noch vieles im Dunkel*. Person B liebt viele Texte, besonders aber jene, in denen Person A als Mimi La Whipp auftritt. Person B hatte

* Ist es wichtig, über eine Textperson umfassend informiert zu sein? Oder genügt es, nur zu wissen, was für den Text relevant ist? Manche Kritiker:innen und Leser:innen legen Wert darauf, Textpersonen möglichst gut kennenzulernen und Hintergrundinformationen zu deren Werdegang zu erhalten. Andere wiederum werfen es einem Text vor, wenn er mit vermeintlich unnützen Informationen angereichert ist. Unnütz werden dabei jene Informationen genannt, die für den Fortgang der Handlung keine offensichtliche Bedeutung haben und keine Verantwortung übernehmen. Wenn allerdings nur das als wesentlich vermutete in den Text aufgenommen wird, kommt es zu einer Art Reduktionsglättung, die Person hat zum Beispiel keine anderen Probleme als jene, die für den Text wichtig sind.

Person A aber auch schon in anderen Texten erkannt, wo sie nicht beim Namen Mimi genannt wurde, jedoch in wesentlichen Punkten wie etwa Alter, Beruf oder Lottogewinn Übereinstimmungen mit Mimi aufwies. Es ist möglich, dass Person B sich dabei irrt, denn so oft, wie sie der Person A begegnet zu sein glaubt, kann diese gar nicht aufgetreten sein, es sei denn, sie hätte sich ein Double besorgt, dieses wäre allerdings eine zweite, eine andere Person, A' vielleicht oder A*, aber keinesfalls A. Außerdem irren sich alle Personen, wenn sie auf eine Begegnung sehnsüchtig warten, etwa weil sie frisch verliebt sind und in einem Passanten, einer Passantin auf der anderen Straßenseite das Objekt ihrer Liebe zu erkennen glauben und erst beim Näherkommen bemerken, dass es sich um jemand anderen handelt.

Person B hat sich nun bei der Autorin Ilse Kilic um eine Anstellung beziehungsweise einen Werkvertrag für einen Textauftritt beworben, und zwar für einen Text, in dem Mimi La Whipp auftreten wird. Person B hofft darauf, solcherart Mimi La Whipp innerhalb der fiktiven Wirklichkeit eines Textes kennenzulernen.

Kurz gesagt: Person B hat Interesse an Person A, wobei möglicherweise die Liebe eine Rolle spielt. Ja, vielleicht träumt

Person B von der Liebe, versucht, ein Quäntchen Glück zu erhaschen, indem sie versucht, sich zu verlieben.

Die ganze Wahrheit ist das aber wohl kaum. Wie die Autorin Ilse Kilic vermutet, verfolgt Person B noch andere Interessen, über die sie in ihrem Bewerbungsgespräch Stillschweigen bewahrt hat: Vielleicht will Person B in den Text eintreten, also die Position „Textpersonal" einnehmen, um ein Stück der Unsterblichkeit* zu erlangen, von der sie annimmt, dass sie dem Textpersonal zur Verfügung steht?
Vielleicht möchte sie sogar die Oberhoheit der Autorin selbst in Frage stellen, indem sie an der Textgestaltung mitwirkt, sich einmischt, die Rollenerwartung unterläuft oder großzügig missversteht?

---

* Gibt es die Unsterblichkeit eines Textes beziehungsweise seines Personals wirklich? Ganz genau kann diese Frage nicht beantwortet werden. Niemand weiß, wie es einem Text und seinen Personen in jenen Zeiten ergeht, in denen er nicht gelesen wird, sei es, weil zum Beispiel die Leserin oder der Leser eingeschlafen ist oder weil der ganze Text in Vergessenheit geraten ist. In ersterem Fall kann man davon ausgehen, dass die lesende Person aufwachen und die Lektüre fortsetzen wird, dass also Text und Textpersonen zum Leben erwachen können, wo auch immer sie sich davor befunden haben. Aber im zweiten Falle bleibt die Ungewissheit bestehen. Bisher ist keine Forschungsmethode bekannt, mit der Klarheit erlangt werden könnte. Vielleicht können wir uns eine Weile mit einer tröstlichen Weisheit zufriedengeben, zugegebenermaßen eine Binsenweisheit, oft zitiert und ebenso oft vergessen: „Nur jene, die sich ganz der Gegenwart hingeben, kommen in den Genuss des ewigen Lebens." (Der Satz beschreibt die Erfahrung eines Kindes beim heimlichen Lesen im Halbdunkel. Quelle: Aleksandar Hemon: „Alles nicht dein Eigen", claassen 2021).
Doch auch der Begriff Leben selbst kann zu Fragen Anlass geben. Kann etwa die Sonne als unsterblich gelten, weil sie kein Lebewesen und also nicht am Leben ist? Ist die Fähigkeit, sterben zu können, eine Voraussetzung für den Wunsch beziehungsweise schon für den leisesten Gedanken an Unsterblichkeit?

Diese von Ilse Kilic vermuteten Hintergründe machten es zu einer Herausforderung, Person B in den Text eintreten zu lassen, einer Herausforderung, der Ilse Kilic nicht ausweichen wollte. Wohlan. Nach einem kurzen Vorstellungsgespräch, in dem Person B durchaus danach trachtete, nicht alles über sich zu verraten, trat sie also in den Text ein. Ein Auszug aus den Bewerbungsunterlagen ist in Kapitel 5 zu finden, wo sich auch ein Protokoll eines psychologischen Tests befindet, das die Person beim Eintritt in den Text vorgelegt hat.

Kapitel 4

Mimi La Whipp spricht im O-Ton über ihr Forschungsprojekt, über ihre Neugier und über den Zweifel

Mein Forschungsgegenstand ist seit langer Zeit die Suche nach einer Theorie von Allem, einer Weltformel*, wie man eine solche Theorie wohl nennen könnte. Eine Theorie jedenfalls, die immer wieder die Aufmerksamkeit von Forscher:innen geweckt hatte, auch wenn es eine solche Theorie vermutlich nicht gab oder geben konnte. Mich hatte die Möglichkeit einer Theorie von Allem** fasziniert, seit ich eine nach Wissen hungrige Privatgelehrte war.

Privatgelehrte zu sein ist ein Privileg, bedeutet es doch, eigene Schwerpunkte setzen zu können, mit dem Risiko, Irrtümern

---

* Den Begriff „Weltformel" prägte bereits 1872 Emil du Bois-Reymond in seiner Rede „Über die Grenzen des Naturerkennens". Er verstand darunter eine vollständige mathematische Beschreibung der Welt. Eine solche Beschreibung hielt er für nicht realisierbar.

** An dieser Stelle sei angemerkt, dass Mimi La Whipp in ihren Überlegungen den Unterschied zwischen Formel und Theorie konsequent verwischt, also eine gewisse Unschärfe und Eigenwilligkeit gegenüber wissenschaftlichen Sprachregeln bewahrt. Der Begriff Theorie steht bei ihr manchmal, aber nicht immer, als noch unbewiesene Spekulation über Zusammenhänge wie etwa bei der Theorie von Allem, die, sollte es sie jemals geben, eines Beweises bedürfte, welcher vemutlich verschiedene Formeln und Sätze beinhalten müsste. Die Unschärfe der Sprache hat Vorteile, bringt Verwandtschaften zum Vorschein und stellt Verbindungen her, sie hat aber auch Nachteile, weil sie unscharfe Erkenntnisse erbringt, die sich nicht immer nachvollziehen lassen.

In der sogenannten real existierenden Wirklichkeit hätte Mimi keine Chance. Welche Chance ist gemeint? Die Autorin bringt Mimi an dieser Stelle zum Lächeln. Könnte Mimi „Keine Chance" nützen? Ja und nein: Mimi befindet sich aber sowieso nicht in der sogenannten real existierenden Wirklichkeit.

und Irrwegen anheimzufallen oder einem Forschungsgegenstand wertvolle Zeit zu widmen, der sich später als nicht von allgemeinem Interesse erweist. Ich wurde natürlich nicht als Privatgelehrte geboren, der Zufall und das Engagement in verschiedenen Texten haben mich dazu gemacht. Es wäre gut, wenn viele, genau genommen alle Menschen nach Wissen hungrige Privatgelehrte sein könnten, jedenfalls einen Teil ihres Lebens. Es könnte die ganze Welt bereichern, es würde das Leben bereichern, und alle nach Wissen hungrigen Privatgelehrten könnten nach Lösungen für Probleme suchen, die es geben wird. Sie könnten aber auch lauschend und mit gespitzten Ohren in die Luft schauen und solcherart den darin herumschwirrenden Gedanken eine Möglichkeit geben, sich bemerkbar zu machen.

Ich gebe an dieser Stelle zu, dass meinen Forschungen rund um Weltformel und Theorie von Allem auch eine Menge Arroganz und Hochmut* innewohnt, als könnte ich etwas herausfinden, das so viele vor mir schon vergeblich gesucht hatten. Zudem beinhaltet die Hoffnung auf Durchschaubarkeit von „Allem" einen besitzergreifenden Blick auf die Welt. Die Idee, Alles, also die Welt als Ganzes, erklären zu können, entbehrt zudem nicht einer gewissen Komik, die aus der Überschätzung der eigenen mentalen Kapazitäten herrührt, Kapazitäten, die gewiss nicht geeignet scheinen, „Alles" zu erfassen, was auch immer „Alles" sein könnte.

Aber wie gesagt: Trotz all dieser Bedenken faszinierte und fasziniert mich die Idee der Berechenbarkeit der Welt. Gleichzeitig macht sie mir aber auch Gänsehaut. Unklar bleibt bei den Forschungen zu einer Theorie von Allem (TOE**), ob und

---

* Hochmut, eine der Unarten, verwandt mit der Unart der Hoffart.

** TOE = Theory Of Everything.

wieweit deren Entwicklung oder deren Kenntnis auch einer Änderung der Welt dienlich sein könnte. Sie wäre natürlich nicht verpflichtet, dazu zu dienen, andererseits ist die Idee von „Veränderung“ vage und unscharf. Auch kleine und kleinste Änderungen, die es ja immer gibt und deren Ursachen sich oft nicht dingfest machen lassen, könnte eine Theorie oder Formel zumindest teilweise und in aller Stille für sich verbuchen. Eine Formel zu kennen, bedeutet aber keineswegs, sie und damit die Wirklichkeit verändern und umgestalten zu können. Der Formel wäre es überdies auch egal, wie es auch der Schwerkraft vermutlich egal ist, ob es ein Blatt eines Laubbaums oder ein Ziegelstein ist, der den Kopf eines Passanten, einer Passantin trifft.
Vielleicht ist die Theorie von Allem aber auch deswegen eine unmögliche Theorie, weil es kein Alles gibt. Alles gibt es nicht einmal in einer unendlichen Liste, die es auch nicht gibt, weil keine Liste genug Platz für die Unendlichkeit hat. Vielleicht ist die Theorie von Allem auch eine unmögliche Theorie, weil sie Alles unterschätzt und das Gegenteil von Allem, nämlich das Nichts, nicht kennt. Oder wäre in Allem auch Nichts enthalten? Meine Antwort: Vielleicht.

Wie auch immer: Ich rechne, kalkuliere, kritzle und radiere. Ich zweifle und zweifelte und verzweifle immer wieder. Ich lese über die Versuche anderer Forscherinnen und Forscher und mache mich mit deren verschiedenen Ansätzen und Unmöglichkeiten vertraut.

Was erwarte ich von einem Ergebnis? Soll es wie ein Zauberspruch funktionieren? Schwuppschwupp und Alles ist anders? Besser? Kontrollierbar? Überschaubar? Änderbar? Oder will ich eine Formel finden, mit deren Hilfe ich eine Parallelwelt erschaffen, pflegen und hegen, besiedeln, gestalten und bewohnen kann? Will ich die unendlich vielen angeblich paralle-

len Universen berechnen, in denen sich die gleichen und doch andere Lebewesen und Schicksale ereignen? Will ich ihre Existenz überprüfen, sie aufspüren? Will ich Pforten der Wahrnehmung finden oder erfinden?
Und meine bisherigen Ergebnisse? Viele Seiten voll mit Berechnungen und Skizzen. Nichts davon fertig durchdacht, berechnet und geprüft im Sinne eines Beweises, einiges durchgestrichen, einiges ausradiert.
In manch kühnem Traum aber schwebt mir eine einfache Theorie vor, leicht nachvollziehbar und praxistauglich, eine Theorie, die die Kriterien erfüllen könnte, die ich kürzlich in einem Gedicht des Schriftstellers Andreas Pavlic entdeckte, einem Gedicht, das den Titel trägt „Ohne Theorie keine Revolution“, Andreas Pavlic hat es im März 2022 beim „Kunst statt Beton Festival“ vorgetragen. Kann die Theorie die Machtverhältnisse ändern, indem sie sie umkippt? Kann sie wirksam werden, etwa so wie die Schwerkraft, die den Apfel vom Baum reißt, sobald der Baum lockerlässt? Oder bevorzugt sie den Weg der kleinen Schritte? Den Weg des kleinsten gemeinsamen Nenners? Schafft die Theorie eine schiefe Ebene, auf der die Realität ins Rutschen kommt? Wann und warum und wer be-

ginnt sich zu fürchten, wenn auf einer schiefen Ebene die fragile Realität ins Rutschen kommt? Wer beginnt sich zu fürchten als fragiler Teil einer fragilen Realität, die über keine Theorie einer denkbaren Revolution verfügt?
Was wissen wir über das Fürchten?

Oh, die gefährliche Mathematik, so unendlich und endgültig. Manchmal. Ach, die unfröhliche Wissenschaft!
Oh, die bedrückende Logik!
Ach, die widersprüchliche Welt der Theorien!

Ja, das Gedicht* von Andreas Pavlic hatte etwas mit der Theorie, die mir vorschwebt, zu tun. Es gibt so viele Fäden, die zu verknüpfen wären, um ein Gelingen denkbar zu machen. Was würde Gelingen bedeuten, für die Gegenwart und die Zukunft, für die daran beteiligten und unbeteiligten Lebewesen, für alle Lebewesen mit ihrer unterschiedlichen Körperlichkeit, ihren Bedürfnissen und ihren Sehnsüchten? Was würde Gelingen bedeuten für die Schönheiten der Natur**, für die Wirkmächte, die wir kennen, und jene, die wir nicht kennen, für die Schicksalsgöttinnen, die es nicht gibt, und für den Lauf der Dinge, die es gibt? Was würde Gelingen bedeuten für die Lust an der Illusion, das Unmögliche vollbringen zu können, und für die

---

* Das Gedicht steht im Band „Ist denn das noch Lyrik oder nicht doch schon Deutsch-Punk“, einem Split-Buch, in dem sich Gedichte von Andreas Pavlic und Markus Lindner begegnen, erschienen bei edition fabrik.transit 2022.

** Der anarchistische Schriftsteller Pierre Quiroule (geboren 1867 als Joaquin Alejo Falconnet, gestorben 1938 in Buenos Aires) bezog die Tiere und die „natürlichen Schönheiten“ in seinen Begriff von Solidarität mit ein. Den Hinweis auf Pierre Quiroule verdanke ich dem Buch von Milo Probst: „Für einen Umweltschutz der 99 %“, Nautilus 2021. Man beachte, dass sich im Pseudonym Pierre Quiroule ein Hinweis auf einen ins Rollen gebrachten Stein versteckt.

Verletzlichkeitsstudie, an der wir in der sogenannten real existierenden Wirklichkeit teilnehmen, ohne alle Studienbedingungen zu kennen? Auch die fiktive Realität, in der ich lebe, ist natürlich Teil der sogenannten real existierenden Wirklichkeit und die Autorin natürlich auch.
Ich weiß nicht, ob meine Theorie eine Revolution beinhalten könnte oder dafür tauglich wäre. Genau genommen weiß ich auch nicht, ob ich selbst für eine Revolution tauglich bin, mit und ohne Theorie, mit meinem nicht unversehrten Körper, mit seinem, meinem roten Blut, mit seinem, meinem Fluchtreflex.

Dass mir die Knie zittern, ist keine Metapher.

Ich kann zittern, als ob ich das Zittern mein ganzes Leben lang geübt hätte. Das tut hier nichts zur Sache. Oder aber doch.
Ach, was wissen wir über das Zittern?
Was wissen wir über die Furcht?
Was wissen wir über den Mut?
Was wissen wir über die Ausdauer?
Was wissen wir über das Wir?

Hier das Gedicht von Andreas Pavlic:

Ohne Theorie keine Revolution

Was uns fehlt ist
eine richtig gute Theorie
von der Welt
es kennt sich ja niemand mehr aus

eine Theorie
die auch abends nach der Arbeit
noch funktioniert
wenn man schon müde ist

und nur mehr Ruhe will
eine die auch betrunken
gut verständlich ist
und uns die Zusammenhänge
von dem ganzen Scheiß erklärt

eine, die selbst Kinder verstehen
wenn sie fragen:
Was issn hier eigentlich los?
Oder: Warum lasst ihr euch das gefallen?

Schaut man sich heute eine Theorie an,
ist sie meistens so klein geschrieben
dass sie niemand lesen kann

es muss ja eine Theorie möglich sein
bei der man gar nicht hinschauen muss
und nebenher essen kann

handfest soll sie sein
auch mal runter fallen können
kann ja mal passieren
ist ja egal
es geht doch schließlich darum
dass man diese Gesellschaft
diesen ganzen Mist
besser verstehen lernt

eine Theorie
von mir aus, soll sie wie ein Werbespot sein
und dafür randvoll mit richtigen Fakten
harten, dreckigen Fakten
die auch in alternativen Realitäten
auf dem Tisch liegen wie ein Trumpf As

eine, die einem einleuchtet
während man Bier aus dem Keller holt
oder sich einen Joint dreht

wie die von Einstein
$E = mc^2$
ja, am besten eine Formel
die man sich leicht merkt und

doch nicht versteht
es muss sich einfach etwas ändern

eine Theorie muss nicht immer nett sein
sie kann auch manchmal weh tun
wenn sie verstehen was ich meine

eine Theorie, die gut in der Hand liegt
und denen Oben einen Schrecken einjagt
die lachen ja nur
und schauen mit ihren dicken Theorien
nach unten und grinsen

ach, was soll's
machen wir zuerst Revolution
und dann Theorie

das hält ja niemand mehr aus

Könnte eine Theorie der Revolution diese wirkungsvoller machen, vielleicht auch sanftmütiger? Schonender für alle Ressourcen aller Beteiligten und Begünstigten? Vielleicht.
Es reicht für eine solche Theorie wohl kaum, sich auf den bekannten Satz: „Revolution ist, wenn die oben nicht mehr können und die unten nicht mehr wollen“ zu berufen, den Alexander

Kluge und Oskar Negt* als selbstregulatorische Kraft bezeichnen. Der Satz ist zwar einleuchtend, Kluge und Negt betonen allerdings, dass es verschiedene Begriffe der Selbstregulierung gibt, die jeweils andere „oben“ und „unten“ definieren. Vorsicht ist generell angebracht, wenn Selbstregulierung als Naturgesetz auftritt. Naturgesetze neigen zur Gleichgültigkeit. Es bedarf also der Mitarbeit aller**, um dieser Selbstregulierung eine Theorie zur Seite zu stellen, die der Geschichte und den Geschichten Rechnung trägt.

„Wenn ich nicht tanzen kann, ist das nicht meine Revolution“, sagt Emma Goldman.
„Eine Revolution sollte sich bemühen, nett zu sein“, sagt Fritz Widhalm.
„Was bedeutet Herstellung von Verwandtschaft für die Herstellung von Wirheit?“, fragt Kin: „Vielerorten gibt es ja bereits Wirheit, auch wenn manches Ich sich Wirheit gelegentlich als Wirrheit vorstellt.“
„Was bedeutet es, wenn ich beim Denken nicht alleine bin?“, diese Frage stelle ich, Mimi La Whipp, in den Raum. Und schon wieder zittern meine Knie, aber vielleicht wollen sie auch ein Tänzchen wagen.

---

* Alexander Kluge und Oskar Negt: „Geschichte und Eigensinn“, Zweitausendeins 1981.

** Kluge/Negt, ebenda: „Wir sprechen dabei nicht nur von professioneller Theorie, sondern jeder Mensch ist mit einem Anteil seiner Haltung praktisch-sinnlicher Theoretiker“.

Kapitel 5

Einblick in die Bewerbungsunterlagen von Person B hinsichtlich ihrer Mitwirkung an diesem Text

Betrifft: Meine Bewerbung um einen Auftritt im literarischen Text „Das Schlaue vom Himmel. Eine Versuchsunordnung".

Ich bewerbe mich um die Möglichkeit, an diesem Text als*

.) auftretende Person
.) ~~Berater:in~~
.) ~~Requisiteur:in~~
.) ~~Impulsgeber:in~~
.) ~~Kritiker:in~~

mitzuwirken.

*nicht Zutreffendes bitte streichen!

Persönliche Daten:
Name: Mein Spatz (Pseudonym)
Geschlecht: Tut nichts zur Sache
Geburtsjahr: Tut nichts zur Sache
Geburtsort: Essigkrug
Beruf: Versuchsperson
Motivation für die Bewerbung: Kontaktaufnahme mit der Privatgelehrten Mimi La Whipp, weiters Interesse für die Sprachkunst
Lebensweise: Single
Ernährung: Vorwiegend vegetarisch
Hobby: Lesen und Anlegen von Leselisten
Befindlichkeit: Vorsichtig zuversichtlich
Persönliche Schwäche: Ängstlichkeit
Persönliche Stärke: Starrsinn
Besondere Fähigkeit: Die Ohren steif halten beim Fürchten

Ich lege meinen Unterlagen folgende Anhänge bei:

Anhang 1 beinhaltet eine auszugsweise Wiedergabe der Befundung eines im Jahr 1995 absolvierten PIT (Persönlichkeits-InventarTests). Eine Wiederholung des Tests mit einer überarbeiteten Testversion war für das laufende Jahr geplant, wurde aber aus ressourcentechnischen Gründen verschoben.
Anhang 2 beinhaltet die Abschrift einer (noch) fragmentarischen Reflexion über Angst als Alltag, Korrosion und Lebenselixier. Der Text wurde von mir als Essay skizziert, aber bislang nicht fertiggestellt.

Anhang 1
Bericht über die Versuchsperson Mein Spatz.
Testgrund: Berufseignung
Es wird angemerkt, dass die Versuchsperson (VP) in manchen Bereichen auffällig viele unbestimmte, unentschlossene Antworten aufweist. In der Skala für Extraversion vs. Introversion liegt der nicht korrigierte Wert der VP an der unteren Grenze des Durchschnittswertes in Richtung Introversion, der hinsichtlich der „?-Antworten" korrigierte Wert liegt indes an der oberen Grenze und weist also eher in Richtung Extraversion. Das lässt den Schluss zu, dass die VP zwischen Extraversion und Introversion ausgewogen agiert. Korrigiert wurde auch der Wert „nicht schizoid vs. schizoid", wobei der korrigierte Wert in Richtung „nicht schizoid" zeigt. Der unkorrigierte Wert liegt ebenfalls im Bereich „nicht schizoid". Von der Interessenslage her wäre der VP eine Berufswahl anzuraten, bei der das künstlerische Interesse sich entfalten kann. Mitarbeit und Beteiligung an einem literarischen Werk ist aufgrund des überdurchschnittlich großen sprachlichen Interesses ausdrücklich empfohlen.
Eine Wiederholung des Tests in einer späteren Lebensphase der VP ist angeraten.

Anhang 2
Die Angst. Eine fragmentarische Umkreisung
Verfasser:in Mein Spatz

1. Runde: Die Angst an sich und die Angst um mich

Warum schreibe ich über die Angst? Weil ich sie kenne. Vielleicht schreibe ich sie fest, schenke ihr meine Aufmerksamkeit, damit sie mich in Ruhe lässt? Welch schöner Traum, auch Illusion genannt! Allerdings gibt es Illusionen, die Teil der Wirklichkeit werden. Ich hoffe, die Angst weiß Bescheid über das, was ich von ihr erwarte.

Es gibt Menschen, die jeden Tag mindestens einmal den Satz „Ich habe Angst“ sagen. Meist wird dabei präzisiert, um welche Angst es sich handelt, etwa so: „Ich habe Angst vor dem Interview“ oder „Ich habe Angst vor dem Zahnarzt“.
Der Satz „Ich habe keine Angst“ wird weniger oft gesagt. Er kann verschiedene Untertöne aufweisen. Manche sich angstfrei fühlende Mitmenschen knurren ihn in Richtung ängstlicher Mitmenschen, als ob sie damit sagen wollten, dass die Ängstlichen sich doch bitte anstrengen sollen, mit ihren Ängsten einen Umgang zu finden, der niemanden stört, vor allem nicht die, die mit der Angst nichts zu tun haben wollen.

Es kommt mir seltsam vor, keine Angst zu haben. Aber vielleicht liegt das daran, dass ich mich an die Präsenz von Angst gewöhnt habe, sowohl bei mir als auch bei anderen.

Ich erinnere mich, dass ein Mitschüler in der Unterstufe der Mittelschule, die damals keine Neue Mittelschule war, sondern das, was heute Gymnasium genannt wird, vor der Bekanntgabe der Noten von Prüfungsarbeiten stets am ganzen Leib zitterte. Auch ich zitterte in der Schule oft, hielt mein Zittern aber in mir versteckt, zitterte also innerlich. Das Zittern meines Mitschülers hingegen konnten wir alle sehen. Die Lehrerin teilte immer zuerst die guten Noten aus. Wir Kinder wussten, dass die Chance auf eine gute Note mit jedem verteilten Schularbeitsheft geringer wurde.

Ging es darum, das Fürchten in der Kindheit zu lernen, damit man es später kann? Soll die Angst früh erlernt werden, damit man sie später gut (aushalten) kann? Ist die Angst eine Konstante des Lebens oder eine Begleiterscheinung der sogenannten Zustände, in denen die „Gegenseitige Hilfe" nicht die Regel ist? Spreche ich zu allgemein? Dann dazu vier konkrete Zahlen: Es ist inakzeptabel, wenn 1,2 % der Weltbevölkerung 47,8 % und umgekehrt 53,2 % der Weltbevölkerung 1,3 % des weltweiten Vermögens besitzen.** Ob das „Zum Verschwinden Bringen" dieser Zustände möglich ist, ohne dass wir Menschen als Spezies selbst verschwinden, ist unklar. Wissen wir, dass wir vom Aussterben bedroht sind? Vielleicht. Vielleicht versuchen wir, es nicht zu wissen. Wissen ist manchmal schwer auszuhalten. In ihrem Buch „Freiheit" erzählt Maggie Nelson von Guy McPherson, der Menschen hilft, die Trauer über das möglicherweise bevorstehende Aussterben der Menschheit zu akzeptieren. „We are the last individuals of our species on earth. How shall we act?", fragt er.*** Er schlägt vor, dass wir im Angesicht dieser Wahrnehmung mitfühlend, mutig und kreativ handeln, dass wir tun, was wir lieben und jeden Tag voll auskosten.*

---

* Vgl. Buchtitel von Pjotr Alexejewitsch Kropotkin: „Gegenseitige Hilfe in der Tier- und Menschenwelt", erstmals erschienen 1902.

** Zur Ergänzung: 11,8 % besitzen 38,1 %, und 33,8 % besitzen 13 % an Vermögen. https://de.statista.com/statistik/daten/studie/384680/umfrage/verteilung-des-reichtums-auf-der-welt/.

*** Sein Buch heißt „Going Dark", deutsch: „Letzte Dämmerung - Die Menschheit ist am Ende", Nova MD 2019.

Ob es Angst ist, was ich empfinde, wenn ich mir vorstelle, dass ich zu einer aussterbenden Spezies gehören könnte, weiß ich nicht.
Lange Zeit dachte ich, es wäre mir egal, wenn ich nach meinem Tod in Vergessenheit gerate. Aber dann erhielt ich die Diagnose einer schweren Erkrankung und, ich konnte es selbst kaum glauben, nun wollte ich auf einmal nicht in Vergessenheit geraten. Ich tröstete mich mit dem Gedanken, dass ich vielleicht das Leben anderer Lebewesen bereichert habe oder für jemanden anderen zu einer wichtigen Person geworden bin, also eine Wirkung gehabt und den Lauf der Dinge ein bisschen verändert habe.*

*Die Dichterin Waltraud Haas** schrieb das folgende Gedicht:*

plötzlich
steht der tod im zimmer
und ich habe nicht die mittel
ihn gebührend zu empfangen

2. Runde: Die Angst als halbherzige Theoretikerin

Die Angst als Theoretikerin ist zufrieden damit, dass ich es nie ganz schaffe, sie von der Furcht abzugrenzen, von der es heißt, sie brauche einen Grund, um aufzutreten. Der Angst passt diese Abgrenzung nicht, denn sie ist sich sicher, dass es auch für sie genug Grund, Mehrzahl: Gründe, gibt. Der Furcht wirft sie vor, dass sie sich einen einzelnen Grund herauspickt und darauf fokussiert, einen Grund, der so tut, als

---

* Anfügung: Vielleicht steht auch meine Bewerbung um Mitwirkung in einem künstlerischen Werk damit in Zusammenhang. Die Kunst nimmt ja für sich eine lange Verweildauer in Anspruch.

** Vgl. Waltraud Haas: „Mit der Axt in der Hand“, Klever 2021.

wäre er allein und würde sich außerdem beseitigen lassen. Die Angst vor dem Zahnarzt wäre zum Beispiel eine Furcht, sagt die Furcht, die davon ausgeht, nach dem Zahnarztbesuch verschwinden zu können. Wenn sie nicht verschwindet, muss sie sich Angst nennen lassen. Die Angst hat aber nichts dagegen, sich mit der Furcht die Bezeichnung „Bammel" zu teilen.
Ist die Angst vor dem Tod eine Furcht?
Verschwinden wird sie jedenfalls nicht, außer mit dem Leben, aber das ist nicht das erwünschte Verschwinden, das zu einer Erleichterung führen soll. Der Schriftsteller Otto Grabner hat einmal einen Text geschrieben, der den Titel trug: „Nur Tote haben keine Angst". Das stimmt, aber ich jedenfalls ziehe zur Zeit das Angsthaben dem Totsein vor.

3. Runde: Die Angst als Lebensaufgabe

Für jede Angst ist ihr Besitzer oder ihre Besitzerin verantwortlich. Wird die Angst weitergegeben, was gelegentlich passiert, gibt es mehrere Besitzerinnen, die Angst aber gehört jedem von ihnen zur Gänze.
Jede Angst ist einzigartig und möchte erforscht werden. Zu diesem Zwecke hat die Angst als Theoretikerin zahlreiche Psycholog:innen beauftragt, die sie beschreiben, behandeln und besänftigen oder ihren Besitzer:innen zur Seite stehen. Manchmal ist es auch möglich, eine Angst kurzfristig abzugeben und von Spezialist:innen betreuen zu lassen. Manche Ängste werden dann handzahm, andere rabiat, wiederum andere farbenprächtig und üppig. Manche Ängste werden dafür geliebt, dass sie eine Intensivierung der Erfahrung versprechen. Vielleicht ist das so, vielleicht auch nicht. Auf jeden Fall halten sich nicht alle Ängste an das, was sie versprechen. Allerdings kann zum Beispiel exzessives Achterbahnfahren oder der Konsum von Horrorfilmen vorhandene Ängste tem-

porär verstärken oder auch eine noch nicht vorhandene Angst implementieren. Beides kann als angenehmer Schauer erlebt werden, solange der temporäre und artifizielle Aspekt bewusst bleibt. Als mögliche unerwünschte Wirkung können sich manche temporäre Ängste aber auch dauerhaft festsetzen und ungeplant in nicht dafür vorgesehenen Situationen auftreten.

4. Runde: Die Angst als Flaneurin

Kann die Angst sich auch ohne persönlichen Kontakt einer Person nähern oder gar bemächtigen? Etwa indem man ihr bei der Betrachtung eines Gemäldes, Lesen eines Textes oder Anhören eines Songs begegnet? Hilft es uns, der Angst in der Kunst zu begegnen? Ist diese Begegnung eine Hilfe, ihr standzuhalten? „Nur wer die Angst kennt, kennt den Mut", trällert die Angst und tanzt auf meiner Nasenspitze. Manchmal tritt sie mir auf die Zehen. Ich weiß, dass manche Kunstwerke, die mir viel bedeuten, furchteinflößende Wirkungen haben. Ich würde viel vermissen, wenn ich diesen Kunstwerken nicht begegnet wäre. Vielleicht hat die Angst mir solcherart ihre Rückseite gezeigt, gewissermaßen ihr Hinterteil, ihren Popo, der sich manchmal Mut nennt, manchmal auch Sorglosigkeit, Heiterkeit des Wesens oder sogar Leichtsinn.

5. Runde: Die Angst als Grusel

Es gibt ein Märchen über das Erlernen des Fürchtens. Die Hauptperson dieses Märchens, ein junger Mann, dem das Fürchten, oder das „Gruseln", wie er es nennt, fremd ist, empfindet Sehnsucht danach. Seine Furchtlosigkeit oder Unempfänglichkeit für Schrecknisse ermöglichen ihm zwar, verschiedenen spukhaften Begegnungen standzuhalten und so die Hand einer Königstochter zu gewinnen, doch bleibt sein Ge-

fühl eines Mangels bestehen, des Mangels an Empfindungsfähigkeit. Seine Tapferkeit ist streng genommen keine, da er bedrohliche Situationen nicht als solche erkennen kann. Erst nach seiner Heirat erlernt er durch das Erschrecken auch das Fürchten und das Gruseln, nämlich, als seine Partnerin ihn im Bett mit glitschigen und quirligen Fischen, den Gründlingen in Kontakt bringt. Das Gruseln ist eine Körpererfahrung, die er sozusagen im Ehebett kennenlernt, man könnte sagen, er wurde dort empfindsam und wahrnehmungsfähig. In diesem Kontext wäre ein angstfreier Mensch gewissermaßen teilweise unter Anästhesie.*

6. Runde: Ein Zitat von Audre Lorde

*„Wir können lernen zu arbeiten und zu reden, wenn wir in Angst sind, genauso wie wir gelernt haben zu arbeiten und zu reden, wenn wir müde sind. Man hat uns nämlich dazu erzogen, unsere Angst wichtiger zu nehmen als unsere eigenen Bedürfnisse nach Sprache und Klarheit, und während wir schweigend auf den letzten Luxus eines angstfreien Zustands warten, werden wir an dem Gewicht dieses Schweigens ersticken." ***

*Das heißt: Angst muss dabei sein, solange wir als wir dabei sind. Es heißt also Angst haben und die Angst in die Luft werfen***, so gut es geht. Sie fällt sowieso immer wieder runter.*

---

* Gründlinge sind gesellig lebende Karpfenfische, die in Gewässern mit kiesigem oder sandigem Grund und Pflanzenbewuchs vorkommen. Gründlinge werden etwa 10 cm, selten über 15 cm groß. Sie sind ungefährlich, gehören aber nicht ins Bett.

** „Auf Leben und Tod. Krebstagebuch." Erweiterte Neuauflage Orlanda Frauenverlag 1994.

*** Vgl. Rose Ausländer: „Noch bist du da", anzuhören auf „Listen to the Poet". (https://www.lyrikline.org/de/autoren/rose-auslaender).

Intermezzo 2

Auftritt von Silver, Mira und Renate Singspiel*

Aus Silvers Haar dringt wildes Piepsen. Ein Meisenpärchen hat dort ein Nest gebaut, in dem mittlerweile einige Jungvögel geschlüpft sind. Silver ist das ganz recht, so viele Jahre beherbergte sie langschwänzige Säugetiere in ihrem Haar, dass ihr die Abwechslung gut tut. Der Kohlmeisengesang stört sie nicht beim Nachdenken, im Gegenteil, das rhythmische Piepsen treibt ihre Gedanken an. Sie bereitet gemeinsam mit Mira und Renate Singspiel eine Grundsatzkritik der Welt vor. Ihre Tätigkeit als Piratin sowie jene als Wirtin des Bold Hearts Pubs hat sie hinter sich gelassen. Das Bold Hearts Pub fungiert allerdings weiterhin als gemeinsamer Ort, nicht zuletzt wegen der dort gelagerten Vorräte.

---

* Biografische Angaben zu den auftretenden Personen: Silver ist manchen Leserinnen und Lesern vielleicht aus dem Roman „Pussy, King of Pirates“ von Kathy Acker bekannt. Sie lebt dort als Piratin, genauer gesagt als Kapitänin eines Piratinnenschiffs mit einem Rattennest im Haar. Nun ist sie Bewohnerin des Bold Hearts Pubs und hat in ihrem silberfarbenen Haar ein Vogelnest versteckt.
Mira tritt sowohl im Roman „Über Nacht“ von Sabine Gruber als auch im Roman „Die Gerissene“ von Eva Schörkhuber auf. Bei Sabine Gruber ist sie eine mehr oder weniger fiktive junge Altenpflegerin in enger Verbindung mit der nierenkranken Romanfigur Irma. Bei Eva Schörkhuber spannt Mira Fäden zwischen den Stationen ihrer Reisen und tritt als phantastische Näherin auf. Sie ist voll Hoffnung auf eine bessere Welt. Auch hier, im Bold Hearts Pub, beschäftigt Mira sich mit Nadel und Faden, sie übt sich in Zuversicht und schafft Näh(t)e und Verbindungen.
Renate Singspiel spielt im Kriminalroman „Warum starb der schöne Mann“ von Fritz Widhalm und im Text „Das Wort als schöne Kunst betrachtet“ von Ilse Kilic eine Rolle. Im Kriminalroman kommt Renate Singspiel in die Stadt, um Künstlerin zu werden. In „Das Wort als schöne Kunst betrachtet“ singt sie sich mit glasklarer Stimme in eine Illusion. Das Singen ist noch immer Renate Singspiels größte Kunst. Vielleicht lebt sie dabei in der Möglichkeitsform.

Was meinst du, Mira, kann eine Kritik des Bestehenden umfassend genug sein, das Nichtbestehende zu erfinden? Enthält also die Kritik des Bestehenden bereits einen Hauch des Nichtbestehenden?

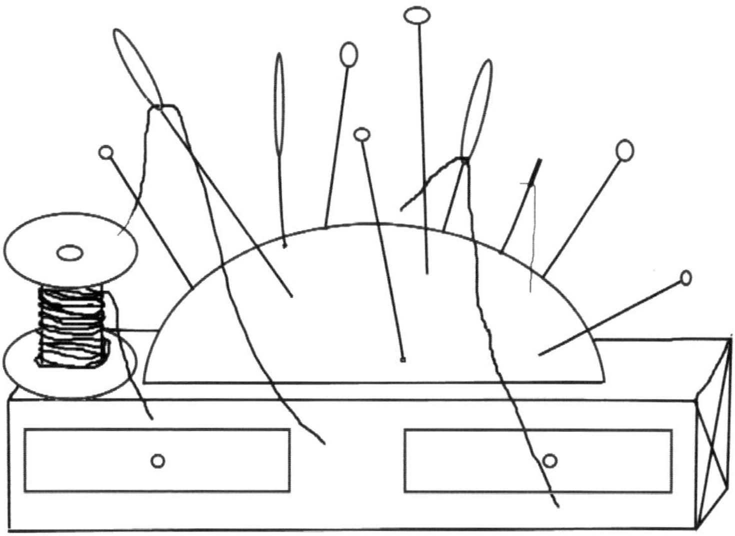

Mira fädelt einen Faden in eine Nähnadel und steckt diese dann in den Nadelpolster, der auf ihrem großen Nähkästchen liegt. Sie ist Spezialistin für das Zusammennähen und Zusammenflicken verschiedenster Materialien. Bevor sie antwortet, nimmt sie einen Schluck Bier. Ihre Antwort lautet: Was noch nicht erfunden ist, muss noch eine Weile auf Kritik warten. Kommt Zeit, kommt Zukunft. Mira lächelt, denn wie immer, wenn sie das Wort Zukunft ausspricht, taucht in ihren Gedanken das Wort Zugluft auf. Es könnte eine Art Synapsenfehlschaltung sein, die die beiden Wörter aufgrund der klanglichen Ähnlichkeit miteinander verschaltet. Natürlich hat die Zukunft inhaltlich nichts mit der Zugluft zu tun. Ein kaltes Lüftchen kann aber durchaus entstehen, wenn Mira an die Zukunft mit all ihren Ungewissheiten denkt. Renate Singspiel klimpert mit den Wimpern. Sie hat Wimpern der Marke extralang aufgeklebt, in leuchtendem Rot. Renate Singspiel liebt es, mit den Wimpern zu klimpern. Sie verfügt über jene Art von Schönheit, bei der viele Menschen kurz die Luft anhalten, wenn sie ihrer ansichtig werden. Wenn Renate Singspiel mit ihrer hellen Stimme singt, hält auch die Zeit die Luft an und bleibt stehen, was die ganze Welt für ein kleines Weilchen zum Stillstand bringt. Renate Singspiel hat daher die Aufgabe übernommen, während dieses Kapitels zu singen, damit Mira und Silver über die Welt sprechen können, ohne dass diese sich bewegt. Ein Stillhalteabkommen, quasi. Hört die Welt zu, während sie stillsteht? Wahrscheinlich nicht, es sei denn, Welt oder Zeit sind Metaphern. Seltsamerweise steht für Mira und Silver die Zeit nicht still. Renate Singspiel hat keine Erklärung dafür, warum ihr Gesang auf Mira und Silver keinerlei Auswirkung hat, aber so ist es. Es ist, als wären die beiden nicht Teil der Welt. Vielleicht ist schon das ganze Bold Hearts Pub aus der Welt gefallen? Damit stellt sich dieser Text durchaus in Gegensatz zu den Naturgesetzen, die nicht vorsehen, dass Personen und Orte sich außerhalb ihres Geltungsbereiches befinden.

Wenn Silver und Mira über die Weltlage sprechen, geht es oft um ihre Ideen zur Veränderung der Welt. Allerdings sind diese Ideen mehr Wille und Vorstellung als Planung und Durchführung. Und oft sind sich die beiden auch nicht ganz einig über Sinn und Unsinn einer Idee. Silver ist eine große Freundin des bedingungslosen Grundeinkommens und hat schon öfter überlegt, es probeweise einzuführen, indem sie eine wunderbare Geldvermehrung startet. Dies würde dann aber die ganze Geldwirtschaft lahmlegen. Silver stellt sich nicht ohne Vergnügen vor, wie sie Geldscheine über die ganze Welt verteilt. Das müsste natürlich alles ganz schnell gehen, zum Beispiel, solange Renate Singspiel singt. Und sobald Silver die wunderbare Geldverteilung beendet, würde Renate Singspiel auch das Singen beenden und die Leute könnten das Geld einpacken und einkaufen, bevor alles auffliegt. Und dann? Ja, was dann? Mira findet die Idee nicht nur undurchführbar – wie will man gleichzeitig Geldscheine in allen auf der Welt verfügbaren Währungen drucken und verteilen –, sondern auch ein bisschen gefährlich. Was glaubst du, was passieren wird? Wer werden die Leidtragenden sein? Für wen werden als erstes die Ressourcen ausgehen, zum Beispiel, weil die Geschäfte leergekauft sind? Wer wird sich am ehesten auch weiterhin mit den notwendigen Dingen versorgen können, zum Beispiel, indem er oder sie ein Verkehrsmittel zur Verfügung hat? Gut, auch ein Fahrrad ist ein Verkehrsmittel, aber seine Verwendung erfordert körperliche Fähigkeiten, die nicht allen Menschen eigen sind. Und wie würde man die aus einer ungeordneten Geldverteilung möglicherweise entstehenden Raufhändel und Konflikte, bei denen Menschen Schaden an Leib und Leben nehmen, verhindern? Nein, Mira findet, dass sich Silvers Idee bestenfalls für einen Film oder einen Roman eignet. Es wäre ein guter Film, sagt Mira, am besten eine Komödie, in der niemandem ein Leid geschieht. In der sogenannten real existierenden Wirklichkeit setzt Mira aber lieber auf kleinere Schritte. Wie wäre es mit essbarem Geld*?, setzt Silver nach, der die Idee der Geldverteilung keine Ruhe lässt. Nur mal als kleine ökonomiekritische Intervention im sogenannten öffentlichen Raum? Eine gemeinsame Geldverzehrung? Wir sind nun dort, wo das Leben Purzelbäume schlägt, aber nicht genau weiß, wo es landet. Wir sind nun dort, wo alle Ideen gefährlich sind, gefährlich scheinen oder sich selbst ad absurdum führen. Mira lächelt, schüttelt aber wiederum skeptisch den Kopf. Als Aktion wäre so etwas schon machbar, aber die Sache müsste

* Vgl. Institut für poetische Alltagsverbesserung (IPA). Informationen über die Tätigkeiten des Instituts sind zu finden auf der Website der Autorin und Institutsmitarbeiterin Lisa Spalt, www.lisaspalt.at.

dokumentiert und Teil der Geschichtsschreibung werden, ein Modell gewissermaßen, ein Kommentar zu Marktwirtschaft und zu existentiellen Bedürfnissen.
Renate Singspiel singt noch immer, aber weil sie immer öfter Luft holen muss, hüpft die Zeit voran, bis sie sich fast in ihrem normalen Tempo weiterbewegt. Dann beendet Renate Singspiel ihren Gesang. Mira und Silver sind während Renate Singspiels Gesang über die anderen Weltbewohner:innen und über die ganze Welt hinaus gealtert, da für diese kaum Zeit vergangen ist, für Mira und Silver aber schon. Renate Singspiel lacht. Es ist nur ein Zaubertrick, sagt sie, gar nicht wahr, sagt sie. In einer längst vergangenen Zeit ist sie als Illusionistin aufgetreten. Lasst euch nicht in die Irre führen, sagt Renate Singspiel, die Wirklichkeit kann man nicht anhalten, nur die Illusion einer Blase erzeugen, in der die Gegenwart kurzfristig steckenbleibt. Mira streicht mit ihrer linken Hand über eine Narbe auf ihrer linken Bauchseite, die sich gelegentlich durch einen leichten ziehenden Schmerz in Erinnerung ruft. An dieser Stelle wurde vor mehreren Jahren ein Organ entnommen, die Narbe markiert den Verlauf einer Naht. Die Naht auf ihrem Körper war Anlass für Miras Interesse an der Kunst des Nähens, das sie mit der Kunst der Nähe und des Näherbringens zusammendenkt. Manchmal wünscht sich Mira die unversehrten Tage zurück. Sich an sich selbst zu gewöhnen, ist ein hartes Stück Arbeit, macht aber auch Freude, sagt Mira, und: Es ist von Bedeutung, an sich selbst und an der beschädigten Welt Freude zu haben, was manchmal wirklich nicht leicht ist, andererseits aber fast eine Pflicht, zumal für mich, da ich in der privilegierten Situation bin, das Bold Hearts Pub zu bewohnen. Die Kohlmeisen in Silvers Haar piepsen aufgeregt, als Silver eine Locke hinters Ohr streicht. Sie hat wieder eine Idee: Was meinst du, Mira, kann das Bold Hearts Pub eine Zuflucht werden, von der aus sich wilde Gedanken über die Welt verbreiten? Mira lächelt. Auch das Wort Zuflucht

lässt sie an Zugluft denken. Schöne Worte, Zukunft, Zugluft und Zuflucht. Ich weiß nicht, sagt Mira, es könnte sein, es wäre schön, also ja, vielleicht, sicher sogar, es braucht viele Zuflüchte, wir werden sehen. Klein Ding braucht Weile.
Silver, Mira und Renate Singspiel beginnen nun, Äpfel und Erdäpfel in Scheiben zu schneiden und sie auf einen heißen Stein in der Mitte eines Feuerchens zu legen. Die Vorräte des Bold Hearts Pubs sind gewissermaßen unerschöpflich. Das Vorhandensein unerschöpflicher Vorräte widerspricht ebenfalls den Naturgesetzen, darf aber in einem literarischen Text vorkommen, solange es nicht für größere Unordnung sorgt.

Silver, die soeben eine Bierflasche geöffnet hat, erzählt, dass es im Wiener Prater ein *Kugelmugel** gibt, das allerdings kein Bold Hearts Pub ist, nein, kein Bold Hearts Pub, das nicht. Ob *Kugelmugel* eine Zuflucht ist oder sein will, soll hier offen bleiben. *Kugelmugel* ist ein kleines, mit einem kugelförmigen Haus

* Der Erbauer von Kugelmugel, der Vorarlberger Edwin Lipburger erklärte Kugelmugel zur eigenständigen Republik. Edwin Lipburger ist 2015 gestorben. http://www.kugelmugel.at.

bebautes Gärtchen, mitten auf dem Antifaschismusplatz, von einem Grenzzaun umgeben und mit einem Schild versehen, das darauf hinweist, dass man das österreichische Staatsgebiet verlässt, wenn man *Kugelmugel* betritt. Man könnte davon ausgehen, dass in *Kugelmugel* manche der in Österreich geltenden Gesetze außer Kraft gesetzt sind. Naturgesetze wie das Fortschreiten der Zeit gehören allerdings nicht dazu. Vermutlich gibt es in *Kugelmugel* aber keine Verkehrsregeln, da es auch keinen Straßenverkehr gibt, und auch das geltende Steuerrecht ist sicherlich unkompliziert, da *Kugelmugel* nur sehr sporadisch bewohnt wird und daher dort wohl kaum große Einnahmen erzielt werden. Überdies unterliegen Postkarten und auch Ersttagsbriefe der Republik *Kugelmugel* der Steuerpflicht in Österreich und zwar zum Normalsteuersatz von 18 %, wie Silver recherchiert hat, sich aber nicht ganz sicher ist, ob sie den Rechtssatz des Verfassungsgerichtshofs mit der Geschäftszahl B518/87 aus dem Jahr 1988 richtig verstanden hat. *Kugelmugel* kann zu den Mikronationen gezählt werden, von denen es weltweit mehr als ein Dutzend gibt.

Silver erwähnt noch ein zweites Beispiel einer Mikronation, das Fürstentum *Sealand*, das ihr aus einem Film von Paul Poet* bekannt ist. Dieses Fürstentum wurde 1967 gegründet und liegt auf einer ehemaligen britischen Seefestung, knapp zehn Kilometer vor der Küste von Suffolk. Bei der Gründung lag das Territorium in internationalen Gewässern, allerdings liegt die Plattform jetzt inmitten britischer Hoheitsgewässer, da diese 1987 ausgeweitet wurden. Die Festung liegt teilweise unter dem Meeresspiegel, was etwas ungemütlich wirkt. Nichtsdestotrotz war für *Sealand* von den ersten Bewohner:innen auch touristische Nutzung angedacht. *Sealand* gab seit 1969 Briefmarken heraus, die so frankierten Poststücke wurden

* Paul Poet: „Empire Me – Der Staat bin ich“ (2011).

allerdings meist nur auf Kosten des Empfängers, also „unfrei" weiterbefördert. Zur Zeit ist *Sealand* ohnedies nur von einer Person bewohnt. Eine Zuflucht ist *Sealand* nicht und verfolgt vermutlich auch keine Absichten in diese Richtung, auch wenn es seine eigenen Regeln definiert und um sein Bestehen streitet.

Vielleicht, sagt Silver, sollten wir daran denken, aus dem Bold Hearts Pub eine fiktive Mikronation zu machen.
Miras Augen leuchten auf. Bewohnerin eines fiktiven Staates zu sein, das ist nach Miras Geschmack, auch wenn dieser nur ein einfaches Bold Hearts Pub am Ende der Welt wäre. Briefmarken wären dabei nicht unbedingt notwendig, andererseits eine Bereicherung der Scheinidentität dieses Gebildes.
Mikronationen, fragt Renate Singspiel misstrauisch, wozu soll das gut sein? Haben wir nicht schon genug Probleme mit Nationalstaaten, Grenzen, Stacheldrähten, Schlagbäumen, Uniformen, Armeen, Reisepässen, Währungen, Fahnen und Briefmarken?
Briefmarken sind meistens das geringste Problem, grinst Silver und erzählt die Geschichte des fiktiv existierenden Sultanats *Occussi Ambeno**, das durch seine Briefmarken große Berühmtheit erlangte. Bruce R. Henderson, der zu den Gründer:innen des Sultanats gehörte, erhielt den Vorwurf, fiktive und für den normalen Postverkehr nicht taugliche Briefmarken in großer Zahl in Umlauf zu bringen. Aber Briefmarken sind mehr oder weniger eine liebenswerte Marotte, wie gesagt, keine Bedingung. Vielleicht könnte ein Mikrostaat damit Geld verdienen, indem die Marken Sammler:innenobjekte werden, Kunstgegenstände also. Interessant könnten natürlich auch

---

* Occussi-Ambeno hat auch eigene Münzen ausgegeben. Die Briefmarken des Staates sind zahlreich, allerdings sind sie weder alle erhältlich, noch auffindbar. Das Laden der Website mit einem Briefmarkenverzeichnis wurde von Firefox blockiert.

Reisepässe sein, selbst wenn sie in keinem anderen Staat der Welt regulär gültig wären. Hier verweist Silver auf das Projekt „Anti-Passport“, das der Dichter und Menschenrechtsaktivist Antoine Cassar ins Leben gerufen hat. Es geht dabei um einen fiktiven Pass für eine Welt ohne Grenzen.*

Für Silver ist es wichtig, dass ein Mikrostaat eine politische Aussage sein kann, ja, eine bedeutsame politische Aussage, auch wenn dies nicht bei allen Mikronationen im Vordergrund steht. In diesem Zusammenhang erwähnt Silver das *Gay and Lesbian Kingdom of the Coral Sea Islands*. Diese Mikronation bestand von 2004 bis 2017 und stellte einen Protest gegen die Ablehnung gleichgeschlechtlicher Ehen seitens des australischen Parlaments dar. Nach der Legalisierung der gleichgeschlechtlichen Ehe wurde das Königreich aufgelöst. Man könnte also sagen, das fiktive Königreich hatte seinen Sinn und Zweck erfüllt.

---

* Antoine Cassars „Anti-Passport“ wurde in verschiedenen Sprachen gedruckt und gilt für alle Menschen und alle Gegenden. Es basiert auf einem Gedicht von Antoine Cassar: „Passport is an anarchist love poem, a declaration of universal citizenship, the vision of a world where the fear of barriers and frontiers has long been overcome.“
Website: http://www.passaportproject.org/ (aufgerufen am 1. Mai 2023). Auch Bestellungen für ein „Anti-Passport“ sind möglich.

An dieser Stelle kann ich als Autorin es nicht lassen, Silver zu unterbrechen, um auf die United Queendoms hinzuweisen. Diese inszenieren als Königin Utopia und Königin Dystopia eine Neuerfindung des Lebens in gleichzeitigem Nein und Ja. Ihr Palast „mobile palace“ ist ein Vehikel zur situativen Erzeugung und Erweiterung von *UNITEDQUEENDOMSLAND**. *UnitedQueendomsLand*, soviel scheint klar, wäre durchaus vergleichbar mit dem Bold Hearts Pub. Silver, Mira und Renate Singspiel könnten neugierig werden, vielleicht sind sie es schon.

Die Zukunft des Bold Hearts Pubs steht allerdings in den Sternen. Ob es sich damit zufrieden gibt, in diesem Text nur im Rahmen eines Intermezzos aufzutreten, wird sich zeigen. Das gilt auch für Mira, Renate Singspiel und Silver. Mira sagt: Ich wurde in meinem Leben schon so oft erzählt, dass man glauben könnte, ich wäre viele oder würde mich stetig verwandeln.

* Weitere Infos auf http://unitedqueendoms.com. Ein Interview mit den Königinnen findet sich hier: https://skug.at/t/united-queendom/.

Kapitel 6

Informationen zur geplanten Begegnung von Mimi La Whipp mit Mein Spatz (erzählt von Mimi La Whipp)

Für meine Begegnung mit Mein Spatz war geplant, dass wir unsere Überlegungen zur theoretischen „Formel für Alles“ austauschen würden. Ich würde also meine Unterlagen an Mein Spatz übergeben. Im Austausch sollte ich das, was Mein Spatz zu Papier gebracht hatte, erhalten.
Natürlich wusste ich, dass meine Überlegungen und Skizzen eher Flickwerk als Erkenntnis darstellten. Vielleicht waren sie sogar mehr Abbild meiner Zweifel als Abbild meines Projekts. Aber, nein, ich wollte sie dennoch nicht ganz preisgeben, nein, nicht ganz. Mein Spatz würde keineswegs „Alles“ erfahren und alle Unterlagen erhalten. Ich wollte nicht riskieren, nach dem Austausch zu bemerken, dass meine Arbeit unwiderruflich in fremden Händen lag. Mein Spatz war mir weitgehend fremd. Ich hielt Misstrauen also durchaus für angebracht. Zugleich war ich neugierig, ob unsere Begegnung zu einer späteren Zusammenarbeit führen würde.

Es war also nichts weiter als ein Versuch, den ich gestartet hatte, obwohl ich selbst inzwischen die „Theorie von Allem“ sowie die „Formel für Alles“ eher für eine Hybris hielt, eine grandiose Selbstüberschätzung und Irreführung der eigenen Urteilskraft, eine Anmaßung, die den Zufall leugnet und die sogenannte real* existierende Wirklichkeit mit einem kontrollierten Labor verwechselt.

---

* „Real ist das, womit man fertigwerden muss“, heißt es bei Charles Taylor. Das Zitat stammt aus dem Buch „Spektakuläre Maschinen“ von Daniel Strassberg (Matthes & Seitz Berlin 2022). Dieser Satz pocht auf Erkennbarkeit der real existierenden Wirklichkeit durch deren Herausforderung. Das ist wichtig, wenngleich sowohl ein kontrolliertes oder simuliertes Labor als auch ein fiktiver Text als Teil der Wirklichkeit auftreten kann, mit dem man fertigwerden muss.

Außerdem war völlig unklar, ob und in welcher Art Mein Spatz etwas zu den Überlegungen und Bedenken beitragen könnte. Vielleicht war Mein Spatz selbst nur ein Irrtum, ein Gedankenspiel? Ein Versuch, spielerisches Denken Wirklichkeit werden zu lassen, hier, innerhalb dieser Welt, in der wir, die Leserinnen und Leser und auch ich selbst, uns bewegen und an der die Autorin Ilse Kilic das Urheber:innenrecht beansprucht?

Aber: Möglicherweise könnte sich durch Zusammenarbeit eine Bauanleitung für ein Weltmodell herstellen lassen? Eines, das sich vielleicht selbständig machen und auf eigene Füße stellen würde? Oder es ließe sich wenigstens ein globales Reparaturprogramm erstellen? Wenn etwas beschädigt ist, ist Reparatur oft die bessere Möglichkeit als Neuerstellung, aber immer stimmt auch das nicht.

Hier aber, wo wir uns zur Zeit befinden, in dieser fiktiven Welt, die die Autorin Ilse Kilic skizziert, sieht sowieso vieles ganz anders aus als in der real existierenden Wirklichkeit, die durch diesen Text schwirrt und ihren Schatten hinterlässt. Wobei aber auch dieser Text einen Schatten in die real existierende Wirklichkeit wirft, zumindest wenn man der Autorin Ilse Kilic glauben will. Die komplizierten Querverbindungen sind für mich nur teilweise einsehbar und ich fürchte, dass auch Ilse Kilic den Überblick nicht dauerhaft bewahren kann.

Die Person namens Mein Spatz kannte ich seit jener Begegnung, bei der ich ihr meine Mailadresse überreicht hatte. Wir besuchten damals eine Lesung* einer Schriftstellerin in einem Literarischen Café. Die Lesung trug den Titel: *In Scherben.*

---

* Möglicherweise handelte es sich um einen der seltenen Auftritte von Monika Mondschein, einer teils fiktiven, teils realen Person, die sich verschiedener Identitäten in verschiedenen Wirklichkeiten bedient und gelegentlich auch als Renate Singspiel und sogar als Ilse Kilic aufgetreten ist.

Von Reparaturen, Provisorien und Verlegenheitslösungen. In dem vorgetragenen Text ging es um eine in Scherben liegende Welt, um die Erfindung eines Universalklebers, um das Zusammennähen von Rissen und Lücken und um bleibende Abgründe und Untiefen, in denen das Unerwartete und Unberechenbare sich oft breit macht. Unter anderem gab es einen Auftritt einer nicht funktionierenden Maschine zur Veränderung der Welt zum Guten hin*, einer Maschine, die irgendwo in einer Schweizer Werkstatt steht**. Die Lesung endete mit einem Bericht über einen Absturz des Computers und damit, dass die Maschine zur Verbesserung der Welt sich mit einer Fehlermeldung zu Wort meldete und sich danach selbst ausschaltete

Für einen kleinen Augenblick stieg in mir der Verdacht auf, der Text sei für mich geschrieben worden, damit spekulierend, dass ich die Lesung hören würde und im Bewusstsein der Tatsache, dass ich selbst auf der Suche nach der Herstellung verbesserter Welten oder wenigstens nach Theorien zur Reparaturmöglichkeit des derzeit prekär durch den Weltraum eiernden Planeten suchte. War der Text ein Köder, bestand das

---

* Im Rahmen der Ausstellung „Der Schrank“ von Ramon Haze war eine „Maschine zur Veränderung der Welt zum Guten hin“ zu sehen. Diese war vermutlich schon in den 1930er Jahren von Edward Baranow-Knepp fertiggestellt worden.
Quelle: Materialien zum Text *„Bist du eine echte Schriftstellerin?“* von Ilse Kilic im Album der Tageszeitung „Der Standard“.
Weblink: https://museum-abteiberg.de/ausstellungen/rueckschauausstellungen/2020-16/der-schrank-von-ramon-haze/.

** Zu den Schweizer Werkstätten vgl. auch Florian Eitel „Anarchistische Uhrmacher in der Schweiz. Mikrohistorische Globalgeschichte zu den Anfängen der anarchistischen Bewegung im 19. Jahrhundert“. Das Buch ist als Open Access im Netz verfügbar. Zuletzt aufgerufen am 27.11.2022 unter: https://www.transcript-verlag.de/978-3-837639 31-5 /anarchistische-uhrmacher-in-der-schweiz/.

Publikum aus Publikumssimulant:innen? Oder handelte es sich bei den Zuhörer:innen mehrheitlich um Spezialist:innen für verschiedene Arten der Reparatur, deren provisorische sowie aus Unsicherheit und Verlegenheit heraus entstandenen Aspekte?

Ich meldete mich nach der Lesung nicht zu Wort, obwohl das Publikum eingeladen wurde, Fragen zu stellen und Kommentare abzugeben. Im Auditorium herrschte nachdenkliches, vielleicht auch eingeschüchtertes Schweigen. Eine Person, von der ich erst später erfahren sollte, dass sie den Namen Mein Spatz trug, ergriff schließlich das Wort und erzählte mit seltsam gepresster Stimme, aus der sich weder ihr Alter noch Geschlecht erkennen ließ, von der Sehnsucht nach einer Weltformel, einer „Theorie von Allem".

Meine Ohren waren gespitzt.

Wegen der Corona-Pandemie herrschte während der Veranstaltung Maskenpflicht, ich konnte also die Gesichtszüge der sprechenden Person nicht gut erkennen, da sie durchgehend eine Maske trug. Nach der Veranstaltung sprach ich die Person an, übergab ihr einen Zettel mit einer meiner Mailadressen

und bat um Kontaktaufnahme in Sachen „Theorie von Allem“, wobei ich durchblicken ließ, dass ich über Informationen und Forschungsunterlagen verfügte. Bei diesem kurzen Gespräch erfuhr ich, dass die Person den seltsamen Namen Mein Spatz trug.
Dann verabschiedete ich mich und machte mich zuversichtlich und beschwingt auf den Heimweg.

In den folgenden Tagen checkte ich die eingehenden Emails mit großer Spannung. Ich war schon öfter mehr oder weniger anonym mit geheimnisvollen Informationsträger:innen in Kontakt getreten, diesmal aber war ich besonders neugierig.

Es dauerte einige Tage, bis Mein Spatz eine Nachricht sendete. Ja, wir einigten uns darauf, uns auszutauschen. So kam es zu dieser Verabredung. Ich wusste durchaus, dass ich mit meinen Daten und deren Weitergabe vorsichtig sein musste. Die Unschärfe, die meinem Text innewohnte und die einige sich stellende Fragen verwischte, stellte jedenfalls einen gewissen Schutz vor unrechtmäßiger Inbesitznahme oder unüberlegter Anwendung dar.
Immerhin.

Kapitel 7

Unterschiede zwischen den Personen A bis D und der Person E, die die Autorin ist, gleichzeitig aber selbst als Textperson auftritt

1) Die Personen A bis D sind abhängig von Person E, da diese ihr Schicksal zu Papier bringt. Das betrifft insbesondere Mimi La Whipp (Person A) und Mein Spatz (Person B). Kin und Suzie Traktor (Personen C und D) haben im Text andere Rollen, ihr Schicksal entscheidet sich hier nur zu einem kleinen Teil.
2) Die Personen A bis D können und müssen dem Älterwerden der Person E zusehen, ohne es verhindern zu können, während Person E das Älterwerden ihres Personals steuern und durch Zeitsprünge und Auftrittspausen verlangsamen, beschleunigen, ja sogar rückgängig machen kann.
3) Person E, aka Ilse Kilic, braucht eine ganze Welt, um die anderen Personen niederschreiben zu können. Ohne Welt keine Autorin. In einem übertragenen Sinne brauchen natürlich die anderen Personen ebenfalls alles, was die Autorin braucht, da es ohne die schreibende Autorin ja auch keine niedergeschriebenen Personen gäbe. Andererseits ist die Welt, in der sich die beschriebenen Personen bewegen, nicht deckungsgleich mit jener, in der sich die Autorin beim Schreiben bewegt. Zur Welt gehört in diesem Falle nicht nur die Atmosphäre, insbesondere deren unterste Schicht, wo sich etwa 90 Prozent der gesamten Luft und fast der ganze Wasserdampf der Erdatmosphäre versammeln, nein, zur Welt gehört alles, was der Fall ist, also Lebewesen und Wirkmächte aller Art, bekannt oder unbekannt, benannt oder (noch) namenlos, sichtbar oder unsichtbar, klein oder groß, real oder fiktiv, tot oder lebendig.
4) Die Unsterblichkeit, die den Personen A bis D als Textpersonal tendenziell zur Verfügung steht, steht der Autorin da-

durch, dass sie selbst auch Textperson ist, zur Verfügung. Es ist allerdings immer und für alle Personen im Text eine erschwindelte (sogenannte unechte) Unsterblichkeit, die in einem möglichen Überdauern der eigenen Lebensspanne besteht, wobei aber die individuelle Handlungsfähigkeit nicht erhalten bleibt. Es geht dabei um Unsterblichkeit in der Wahrnehmung der anderen, also in einem Werk, dessen Verfilmung oder Übersetzung. Natürlich geht das nicht unendlich weiter, aber da das ewige Leben ja sowieso unvorstellbar ist, wird schon diese Erweiterung oft als Teilerfolg hinsichlich des Erlangens der Unsterblichkeit empfunden und das Ende der menschlichen Spezies oder das Ende des Planeten nicht weiter in derlei, tendenziell freudige, Überlegungen einbezogen. Diese Unsterblichkeit ist aber auch eine Belastung, weil sich einzelne Szenen des Lebens in nicht wählbarer Häufigkeit und Reihenfolge wiederholen, zum Beispiel je nach den Wünschen der Leser:innen, die im Roman nach Belieben blättern können, wodurch sich die kausalen Zusammenhänge im Leben der Textpersonen neu konfigurieren*: So kann es vorkommen,

---

* Die Entdeckung von Resurrectin und Vitalium, die Martial Canterel in Raymond Roussels Roman „Locus Solus" gelingt, macht das Unsterblichsein für die Personen in „Locus Solus" möglich, aber schmerzhaft: Jede auf diese Art unsterblich gemachte Person hat das Potential, eine Szene ihres Lebens stets aufs Neue zu wiederholen. Welche Szene das ist, bestimmt die verstorbene und durch Injektion von Resurrectin und Einbringen eines Stäbchens Vitalium zu neuem, künstlichem Leben erweckte Person selbst. Sie bleibt aber dann immer an diese unveränderliche Szenenauswahl gebunden. Unklar ist, in welcher Weise die unsterbliche Person selbst die Wiederholungen erlebt, klar ist nur, dass sie nach Entfernung des eingebrachten Vitaliumstäbchens in eine Starre verfällt, die nur mittels erneutem Einbringen von Vitalium gelöst werden kann. Der notwendige Aufenthalt in einem Kühlraum stellt für die unsterblichen Personen wohl ebenfalls eine Strapaze dar, ist aber unvermeidbar, um den toten und zugleich dem Tod entrissenen Körper vor Verfallsprozessen zu schützen.

dass eine Person sich zuerst versöhnt und erst später streitet oder dass sie einen Kaffee trinkt, den sie erst bei späterer Lektüre zubereitet. Die Autorin, mit ihrer Oberhoheit über das Geschehen, hat hier zwar einen Vorteil, unterliegt aber ebenfalls einigen Tücken, die die erzählte beziehungsweise durch das Erzähltwerden entstandene Unsterblichkeit mit sich bringt.
Auch die Frage, was Unsterblichkeit für den Alterungsprozess bedeutet, ist bislang ungeklärt. Wird dieser zum Stillstand gebracht, indem das Textpersonal in einem bestimmten Alter festgeschrieben wird, und wenn ja, in welchem Alter? Welcher Abschnitt, welcher Moment des Lebens wäre der beste, um ihn zu bewahren?*
5) Das Schicksal der Textpersonen A bis D erreicht seine Vollendung, wenn Person E, die Autorin, stirbt. Diese Vollendung besteht darin, dass ihrem Schicksal nichts mehr hinzugefügt wird. Das Schicksal der Autorin kommt ebenfalls zum Stillstand, wenn sie stirbt. Allerdings haben alle Personen innerhalb des Textes die Möglichkeit, sich vorab um Auftritte und Platz in einem anderen Werk der Literatur zu bemühen, wo sie dem Stillstand ein Schnippchen schlagen könnten.
An dieser Stelle fragt sich die Autorin, ob es sein kann, dass die Gestorbenen, wenn sie das Leben nicht loslassen können, Texte der Lebenden bevölkern, also zu Textpersonen werden? Würde man sie erkennen?

---

* Dazu ein Zitat von Galileo Galilei (zitiert aus dem Buch „Alle Cosmicomics“ von Italo Calvino): „Jene, welche die Unvergänglichkeit und die Unveränderlichkeit so sehr preisen, tun das, glaube ich, nur aufgrund ihres heftigen Wunsches nach einem langen Leben und ihrer Furcht vor dem Tod. Und sie bedenken nicht, dass, wenn die Menschen unsterblich wären, ihnen gar nichts daran läge, auf die Welt zu kommen. Sie verdienten es, durch den Anblick eines Medusenhauptes in Statuen von Jaspis oder Diamant verwandelt zu werden, auf dass sie vollkommener würden, als sie sind.“

Kapitel 8

Nachrichten aus dem Essigkrug
(Neue Informationen über Mein Spatz)

Mein Spatz macht keine Angaben über Geschlecht, Alter, Hautfarbe oder Gesundheitszustand, über Fitness, Bildung, Einkommen oder Wohnort. Was wir aber von Mein Spatz wissen, ist der Geburtsort: Mein Spatz kam in einem Essigkrug zur Welt, was einen besonderen Blick auf Welt und Leben bewirkt. Das dickwandige Glas verzerrte die Dimensionen der Außenwelt, Mein Spatz wurde argwöhnisch und skeptisch gegenüber alledem, was sich unscharf und verschwommen zeigte. Dass die Mundwinkel von Mein Spatz sich stets ein wenig nach unten hängen ließen, war Ausdruck des sauren Aromas, das sie im Essigkrug erfahren hatten, zugleich aber auch Ausdruck von Ängstlichkeit, die sich in einer Menge sorgenvoller Falten rund um die Mundwinkel ausdrückte. Die hängenden Mundwinkel gaben Mein Spatz aber auch ein unfreundliches Aussehen. Deswegen, und damit andere Menschen nicht mit Unsicherheit reagierten oder gar ihrerseits unfreundlich würden, hatte Mein Spatz sich später angewöhnt, des öfteren grundlos zu lächeln und dabei die Mundwinkel betont nach oben zu ziehen.
Als Ergänzung zu den Unterlagen, die der Bewerbung um einen Auftritt in diesem Text beigelegt waren und in Kapitel 5 präsentiert wurden, beschreibt Mein Spatz nun den Essigkrug und dessen Wirkung für und gegen die Angst:

Die Größe und Form des Essigkruges, in dem ich in der ersten Zeit meines Lebens untergebracht war, änderte sich je nach Temperatur und Tageszeit sowie nach meiner persönlichen Befindlichkeit. Manchmal war der Krug düster und eng, manchmal lichtdurchflutet und behaglich, wenngleich diese behaglichen Perioden deutlich seltener auftraten. Auch wenn ich Besuch erhielt, änderten sich Größe und Lichtdurchlässigkeit. Ich erhielt nicht oft Besuch, jedoch wurden einige ärztliche Begutachtungen durchgeführt, die direkten Körperkontakt zwischen mir und der untersuchenden Person nötig machten. Ich war damals nicht sicher, ob mein Essigkrug der einzige seiner Art war, beziehungsweise, ob auch andere Lebewesen in solchen Krügen lebten. Ich wusste auch nicht, ob mein Essigkrug innerhalb eines anderen Essigkruges untergebracht war. Manchmal fürchtete ich, dass jeder Essigkrug wiederum innerhalb eines anderen, größeren Essigkruges stünde und dass all diese größeren Essigkrüge wieder in anderen, naturgemäß noch größeren Essigkrügen stünden. Daraus zog ich den Schluss, dass Essigkrüge allumfassend oder omnipräsent, vielleicht auf spezielle Art und Weise sogar unendlich sein könnten. Jeder Essigkrug stünde dann im Essig, wäre also vom sauren Geruch von beiden Seiten, innen und außen, umgeben. Ich imaginierte ein Essigkrug-Universum, eine gekrümmte Rundung, die ins Unendliche reichte. Es ist nicht unbedingt ein Beweis für die Existenz des Unendlichen, dass sie denkbar ist. Vieles ist denkbar, existiert aber nicht. Oder besser gesagt: Vieles hat keine nachweisbare Existenz. Zu den Denkbarkeiten, denen keine nachweisbare Existenz innewohnt, gehört zum Beispiel das Tor zur Hölle. Vielleicht auch der Weltuntergang? Die Existenz von Paradies und Schlaraffenland ist ebenfalls nicht bewiesen, vielleicht wären sie als Gegenteil des Essigkruges vorstellbar.

Meinen Essigkrug erlebte ich als Selbstverständlichkeit und zugleich auch als Metapher. Gelegentlich fragte ich mich, welchen Gesetzmäßigkeiten der Essigkrug folgte, beziehungsweise, welche er vorgab, auf dass ich ihnen folgte, zum Beispiel, indem ich schnell heranwuchs. Dieses Heranwachsen bedeutete in meinem Falle, dass ich den Essigkrug verlassen durfte und musste. Nachdem ich den Essigkrug verlassen hatte und mich in einer Welt „da draußen" wiederfand, in welcher der Essigkrug seine Bedeutung nur durch Erinnerung und latente Bedrohung aufrechterhielt, fragte ich mich, was hinter dieser, meiner, Geschichte stecken könnte. Wieso hatte mein Leben auf diese Art und Weise begonnen? Wurde mir dadurch eine besondere Sehnsucht nach der Süße des Lebens in die Wiege gelegt, die mich auf die Idee brachte, nach einer Möglichkeit der Verbesserung der Welt zu suchen, indem ich selbst sauer wurde auf die sauren Umgebungen des Daseins? Die Welt war kein Essigkrug, soviel war klar. Aber das süße Leben war nicht weit verbreitet. Und so machte ich mich auf die Suche.

Die Redewendung „Es zieht mir den Hemdzipfel in den Hintern" steht für das Gefühl der ganzkörperlichen Muskelzusammenziehung durch die Empfindung sauer. Diese Empfindung war mir vertraut und blieb mir auch nach Verlassen des Essigkruges vertraut, auch wenn sich mein Geschmackshorizont nach und nach erweiterte. Süß. Bitter. Scharf. Nun ja, über Geschmack lässt sich einiges lernen.

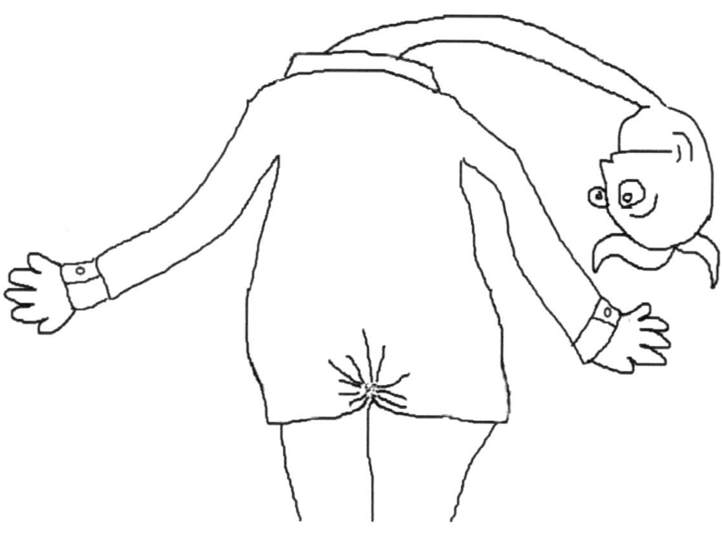

Mir ist bewusst, dass die Geschichte meiner Herkunft sich als Legende darstellt. Es könnte sein, dass ich mich erfunden habe. Sicher ist: Ich wollte das süße Leben lieben. Ich wollte das süße Leben begreifen, vermehren, bedarfsorientiert und zugleich bedingungslos verteilen. Allgemein zugänglich machen. Festhalten. Halt. Das letzte Wort ist gestrichen. Niemand kann das süße Leben festhalten. Oder vielleicht doch. Ich bin nicht sicher. Ich bin mir *nicht sicher.*
Ich suchte nach Möglichkeiten. Wie auch andere vor mir nach Möglichkeiten gesucht und Theorien entwickelt hatten. Verschiedene Theorien. Und der Erfolg? Man kann ihn niemals abschätzen. Es sollte alles besser sein. Auf jeden Fall und in jedem Fall.
Die Idee, dass die Welt eine bessere würde, wenn sich eine große Menge geglückter Kunstwerke an einem Ort versammelten, ist mehrere hundert Jahre alt und auf seltsame Weise berührend. Die Sammlung von Kunstwerken konkurrierte in dieser Vergangenheit mit der Sammlung von Naturschönheiten beziehungsweise der Sammlung einzigartiger Artefakte, etwa ungewöhnlicher Steinformationen oder seltener Pflanzen**. Es ist wohl das Vertrauen in einen offensichtlich kaum hinterfragten und magischen Prozess, das Vertrauen in eine geheimnisvolle Wirkmacht, unter der sich kaum jemand etwas*

---

* Vgl. Friedrich von Borries, Jens-Uwe Fischer „Die Berliner Weltverbesserungsmaschine. Die Rekonstruktion einer abstrakten Imagination", Merve 2013 und Friedrich von Borries, Jens-Uwe Fischer: „Die Berliner Weltverbesserungsmaschine. Eine Geschichte des fortwährenden Scheiterns", Merve 2013.

** Hier wird an den Anarchisten Pierre Quiroule (1867-1938) erinnert, der eine Solidarität zwischen allem, was da ist, ersehnte. (Vgl. Fußnote Seite 33).
„Der Prozess des Betrachtens selbst ist die Schönheit" schreibt Jenny Odell über das Betrachten von Rosen und das Beobachten von Vögeln. Quelle: „Nichts tun", C.H.Beck 2022.

Genaueres vorstellen kann, das mich an dieser Idee berührt. Sie gibt als Machtphantasie allerdings auch zu Kritik Anlass. Wer sammelt, wer entscheidet, woher kommen die gesammelten Objekte, was wird dabei zerstört? Wie wird die Wirkung imaginiert? Wie und wer kann wissen, was eine Verbesserung wäre? Und für wen?

Mein Spatz konnte nicht anders, als zu zweifeln. Nur im Zweifel war Mein Spatz sicher. Sicher im Zweifel. Vielleicht war das die Auswirkung der Zeit im Essigkrug. Wer das Saure kennt, zweifelt an den Möglichkeiten zur Versüßung.

An irgendeinem Punkt des Zweifels erfuhr Mein Spatz von Mimi La Whipps Überlegungen und Forschungen. Mein Spatz hatte dann das Glück, Mimi La Whipp bei der erwähnten Lesung zu begegnen. So ließ sich der Kontakt relativ unkompliziert herstellen, zumal Mimi den ersten Schritt gemacht hatte. Schon war per Mail ein Treffen vereinbart worden.

Kapitel 9

Die psychologische Beraterin Kin meldet sich zu Wort

Vorweg: Kin legt viel Wert darauf, ihre Identität weitgehend geheim zu halten. Ob es sie als reale Person gibt, ist bisher nicht geklärt. Sie könnte eine bisher unbekannte Lebensform sein, die in vielerlei Gestalt ihr Unwesen treibt, sie könnte eine künstliche Intelligenz sein, sie könnte aber auch ein Computervirus sein, der dazu programmiert wurde, Interesse an der Gestaltung dieses Textes zu simulieren, um an Daten der Autorin und des Textpersonals zu gelangen, zu welchem Zweck auch immer. Sie könnte eine Person wie jede andere sein, aber auch eine Person wie keine andere, eine Simulation, eine Stimulation oder eine Fata Morgana.

Was über Kin bekannt ist: Sie bezeichnet sich selbst als psychologische Beraterin innerhalb dieses Texts. Sie ist online meist erreichbar, schreibt gerne Emails und andere Textnachrichten und schaltet sich manchmal auch in den Schreibprozess ein, was von den anderen am Text teilnehmenden Personen nicht immer bemerkt wird. Ihr Text über die Verwandtschaft der Unarten wurde in mehrere Sprachen übersetzt. Er beschreibt ein Verwandtschaftsverständnis über die Grenzen von Spezies und Ähnlichkeit hinaus und definiert „Unart“ als buchstäblich verdrehte Natur*. In diesem Text versucht Kin eine Umwertung des Begriffes „verwandt“ im Sinne von Freundlichkeit, Liebe und Zuwendung. Einige Kapitel ihres Werkes widmen sich der Frage, wie es mit der Freundlichkeit und Freund:innenschaft zwischen Textpersonen, Autor:innen und Leser:innen steht. Kin ist überzeugt, dass die Beziehungen zwischen Leser:innen, Textpersonal und Autor:innen komplex und diffus sind, Kränkungen und Wohltaten bewirken können

* Die *buchstäbliche* Verdrehung geht in den meisten Übersetzungen verloren.

und fallweise der Analyse oder sogar der Mediation bedürfen. Einen Teil dieser Aufgaben sieht Kin in den Händen der Literaturwissenschaft, steht jedoch auch selbst gerne mit Rat und Tat zur Seite. Sollte Bedarf nach einer literarischen Selbsthilfegruppe für Textpersonal bestehen, bietet Kin Information und Unterstützung an.

O-Ton Kin, Textnachricht an die Autorin Ilse Kilic:

Kleine Anregung, bitte überdenken. Die Geschichte von Mimi La Whipp könnte sich immer noch zu einer Liebesgeschichte mit Mein Spatz verwickeln, was ich für wünschenswert hielte. Liebe ist wichtig, weil sie in vielen Bereichen des Lebens vorhanden ist, zum Beispiel als Wille, Verlangen und Irrtum, als Zuschreibung und Geschenk, als Anmaßung, Gier, Ehrgeiz und Suchbild, als Sucht und als Flucht, als Erfüllung und Lehrplan, als Füllsel und Ersatz. Überdies erweisen sich die meisten Lebewesen als bedürftig, was Liebe und Zuwendung betrifft. Über Liebe zu schreiben oder zu lesen, kann eine wertvolle Erfahrung sein. Zugleich frage ich mich aber, ob ein Krimi nicht genauso geeignet wäre, verschiedene Aspekte des Daseins zu beschreiben und philosophische Fragen zu erörtern. Viele Menschen lesen gerne über fiktive Verbrechen. Natürlich schließt das Auftreten einer wie immer gearteten Liebe eine kriminelle Entwicklung nicht aus, es kann sogar eine geeignete Grundlage darstellen.
Zur Textentwicklung stellen sich in diesem Zusammenhang einige Fragen: Darf ein Text eine Person zu einem Opfer und eine andere Person zu einem Täter, einer Täterin machen? Welche Aussage trifft die Darstellung von Personen als Opfer oder Täter:innen beziehungsweise Tatverdächtige über die abgebildeten gesellschaftlichen Verhältnisse? Anders gefragt: Vertritt der Text eine bestimmte Kriminalitätstheorie, indem er Personen zu Täter:innen macht? Auf welcher Seite stehen Text

und Autorin mit Sympathie und Verständnis? Werden Täter:innen psychologisch analysiert? Wie viel Aufmerksamkeit wird ihnen zuteil? Wie viel Aufmerksamkeit erhalten die Opfer? Sind die Opfer ihrerseits ebenfalls Täter:innen? Geht es um ein Verbrechen, das gesellschaftlich toleriert wird? Geht es um Gesetzesübertretungen, die sich gegen bestehendes Unrecht richten und auf Gesetzesänderungen abzielen? Spielt der Text mit Gedanken an Rache und Vergeltung? Erzählt er über strafende Gerechtigkeit?
Hinsichtlich der psychologischen Komponenten müsste es sich nicht unbedingt um ein Kapitalverbrechen wie Mord oder Totschlag handeln, obwohl ein Bagatelldelikt wie das Überqueren der Fahrbahn bei rotem Ampellicht mit Sicherheit nicht das erwünschte Spannungspotential aufbauen kann. Vielleicht wäre etwas zwischen Kunstfälschung oder Raubdruck von Banknoten am besten? Sollten gefälschte Banknoten in Zeiten von Kryptowährungen noch Sinn machen? Vielleicht ja. Es könnte aber auch effektiv sein, elektronische Kontrollsysteme zu manipulieren oder mit seltenen Erden** zu spekulieren.*

---

* Um sich als Kunstfälscher:in zu betätigen, bedarf es erstens) profunder Kenntnis handwerklicher Techniken der Kunstherstellung, bezogen auch auf den Zeitpunkt, in welchem das zur Fälschung ausersehene Werk produziert wurde, zweitens) profunder Kenntnis von Preis und Wertentwicklung des betreffenden Werkes. Es ist mit Sicherheit einträglicher, ein Werk eines hoch gehandelten Künstlers, einer hoch gehandelten Künstlerin zu fälschen als das Werk einer Person, die in Sammler:innenkreisen eher nebenher läuft und geringe Preise erzielt. Es hätte also wenig Sinn, ein Werk der Künstler:innen Rica Fuentes, Andrea Knabl oder Fritz Widhalm zu fälschen, da diese auf dem Kunstmarkt kaum präsent sind.

** Seltene Erden sind sehr wertvolle und für viele Technologien unentbehrliche Metalle. Sie sind derzeit nur unter schwierigen, umweltschädlichen und gefährlichen Bedingungen zu gewinnen. Es gibt Berichte, denen zufolge an der künstlichen Herstellung oder an ihrer Rückgewinnung und Wiederverwendung gearbeitet wird.

Eine Befragung aller an diesem Text Beteiligten wird seitens der psychologischen Auswirkungen einer kriminalistischen oder amourösen Handlungsentwicklung dringend empfohlen!

Die Autorin Ilse Kilic klappt etwas verärgert Kins Nachricht zu. Sie hat erwartet, dass für Kin das Wohl der Autorin an erster Stelle steht. Aber wie es aussieht, ist sie gleichermaßen für alle da, die mit und in dem Text zu tun haben.

Auch die Textperson Mimi la Whipp hat Kins Anregungen zur Kenntnis genommen, obwohl die Email an Ilse Kilic gerichtet war. So machen es nämlich manche Textpersonen, sie entwickeln Interesse für den Postverkehr der Autorin, knacken frech das eine oder andere Passwort und sind überhaupt im Leben der Autorin sehr präsent. Mimi La Whipp jedenfalls will nach den Ausführungen von Kin nun beides werden, Teil einer Liebesgeschichte und Teil einer Kriminalgeschichte. Mimi La Whipp betont, dass Liebe und Gesetzesübertretungen auch bisher durchaus zu ihrer persönlichen Geschichte gehörten. Vielleicht gehört beides zu jeder persönlichen Geschichte, wenngleich wohl nicht immer in derselben Intensität. Am wichtigsten ist und bleibt für Mimi La Whipp aber, dass sie als Privatgelehrte sichtbar bleibt.
Kin hat allerdings schon vor längerer Zeit angemerkt, dass sie nicht ganz sicher ist, ob diese Rolle noch zeitgemäß sei. Was genau wäre denn eine Privatgelehrte? Eine Dilettantin oder eine Dilletantin*, möglicherweise genial? Eine Amateurin, also eine Liebhaberin, die eine Tätigkeit aus Liebe ausübt, ohne

* Zu den Genialen Dilletanten (Achtung – der Schreibfehler ist Programm) folgende Information: 1981 fand im Berliner Tempodrom ein Festival statt, dessen falsch geschriebener Titel zum Synonym für die westdeutsche Subkultur der frühen 1980er Jahre wurde: „Geniale Dilletanten“. Es lohnt sich, Bands und Künstler:innen wie Wolfgang Müller, Tabea Blumenschein u. a. Aufmerksamkeit zu schenken.

Geld zu erhalten und eventuell auch ohne eine formale und gesellschaftlich anerkannte Ausbildung absolviert zu haben, gewissermaßen Autodidaktin? Wie umfassend ist ihr Wissen und wie ist es beschaffen? Wie wird es gespeichert und abgerufen? Wie viel davon ist bereits schriftlich fixiert, wie viel ist Kombinatorik und wie viel davon ist bloß Ahnung oder vielmehr „keine Ahnung"? Gibt es eine richtige Art und Weise, keine Ahnung* zu haben, indem in Ermangelung von Ahnung sich ein Gedankenblitz einstellt? Gibt es ein Nichtwissen, das dem Wissen den passenden Ort im Denken freihält?

Mimi la Whipp stellt sich das gesammelte Nichtwissen gerne wie einen See vor, auf dem kleine Schifflein des Wissens und der Wissbegierigen schwimmen. Es gibt Papierschiffchen, Ruderboote, Tretboote, auch das eine oder andere Kanu ist zu sehen. Im See schwimmen Fische, Enten und andere Lebewesen, gelegentlich auch menschliche Schwimmer:innen. Gedankenblitze sind immer möglich, sogar im und auf dem

* „Keine Ahnung" ist auch der Titel eines Buches von Nele Stuhler (Korbinian Verlag 2021). Auf Seite 78 ff. wird das „Keine-Ahnung-Problem" besprochen, das etwa auch zu der Frage führen könnte, ob „Keine Ahnung" nicht etwas ist, was wir gar nicht wirklich kennen, aber doch immer wieder kennenlernen, ein Ahnungsfreiraum der Sprache, vielleicht.

Wasser, das aber bei gewittrig-elektrischen Blitzen kein sicherer Ort wäre, es sei denn für die kleinen Fische.

Die Autorin und Mimi la Whipp haben auf Kins Fragen keine Antworten, für Mimi La Whipp steht aber außer Zweifel, dass sie sich als Privatgelehrte versteht und durchaus vorhat, dies beizubehalten, wobei ihr bewusst ist, dass wissenschaftliche Forschung eigentlich in die öffentliche Hand gehört. Oder vielmehr gehören sollte. Darüber hinaus hält sie an dieser Stelle fest, dass die Entstehungsgeschichte einzelner oder gesammelter Gedanken und deren Abhängigkeit von Umgebungen und Umweltbedingungen bisher nicht zur Gänze geklärt ist. An dieser Stelle zitiert Mimi La Whipp den Dichter Raymond Queneau, der in seinem Buch „Heiliger Bimbam" den folgenden Satz schreibt: „An den Hummer in der Knochinsternis* denkend, sinne man über das Leben nach!" Mimi La Whipp ist überzeugt, dass das Denken eine andere Richtung nimmt, wenn es von Bildern eines Hummers begleitet wird, als wenn der Blick der denkenden Person sich in den Wolken verliert.

Einige Fragen und Antworten schwirren nun durch den virtuellen Raum:
Wer bestimmt, was ein Delikt ist? Das Strafgesetzbuch.
Wer bestimmt, was Liebe ist? Der gemeinsame Haushalt.
Wer bestimmt, in welchem Genre ein Text herumirrt?
Antwort 1: Die Autorin.
Antwort 2: Die Leserinnen und Leser.
Antwort 3: Die Personen im Text.

Textnachricht der Autorin an Kin: Mein Text gehört mir (nicht ganz allein, aber doch). Wie es mir geht? Keine Ahnung.

---

* Im französischen Original „osscurité". Die Übersetzung des Buches mit dem Originaltitel „Saint Glinglin" stammt von Eugen Helmlé.

Kapitel 10

Endlich. Begegnung der zwei Hauptpersonen

Der Ort, den Mimi La Whipp für das Treffen vorgeschlagen hatte, war ungünstig gewählt, das wurde ihr sofort klar, als sie die zahlreichen, den Straßenrand flankierenden Büsche und Bäume bemerkte. Jeder Baum warf einen Schatten in das Licht des späten Nachmittags und in jedem dieser Schatten und hinter jedem der dichten Büsche könnte sich jemand versteckt haben, falls Mein Spatz die Verabredung nicht für sich behalten oder klammheimlich Begleitung organisiert hatte.
Mein Spatz aber schlich recht zögerlich heran, blickte sich immer wieder um und schien sich ebenfalls unbehaglich zu fühlen, was wiederum Mimi La Whipp, die sich an einen Spitzahornbaum gelehnt hatte, etwas ruhiger werden ließ.

Unerwartet schnell zogen dann dichte graue Nebelschwaden auf. In einer dieser Wolken leuchtete etwas Weißes, das wie ein Gesicht erschien*. Auch in anderen Wolken zeigten sich

* Einem vergleichbaren Phänomen kann man im Sammelband „Nach der Thrillerpfeife“ (Edition ch 2002) begegnen. Aber Achtung: In diesem Buch gruselt es.

seltsame Bilder, die aussahen, als würden sie aus einem Horrorfilm oder aus einem anderen Genre der spekulativen Fiktion stammen. Huch, dachte Mimi La Whipp und erinnerte sich an einen ihrer Auftritte in einem Gruselthriller*. War es möglich, dass einige der damaligen Textgestalten sich in diesen Text geschlichen hatten?

Mimi La Whipp umklammerte die Mappe mit ihren Notizen, selbstverständlich hatte sie Kopien angefertigt. Die von ihr eingebaute Unschärfe bedeutete, dass es so gut wie unmöglich war, aus den Aufzeichnungen eine Handlungsanleitung oder auch nur ein generalisierbares Erklärungsmodell abzuleiten. Ja, es war wirklich weitgehend unbedenklich, diese Aufzeichnungen aus der Hand zu geben, sowohl hinsichtlich unbedachter Handlungen oder Kompetenzüberschätzungen ihres Gegenübers als auch bezüglich des Urheber:innenrechts, mit dem geistiges Eigentum geschützt wird.

Durch Mimi La Whipps Kopf schwirrte in diesem Augenblick ein Gedanke der Autorin Ilse Kilic. Es war ein Gedanke, der sich vor einiger Zeit selbständig gemacht hatte und seither unabhängig von seiner Urheberin sowohl die sogenannte real existierende Wirklichkeit als auch diesen Text durchstreift. Der Gedanke war der folgende: „Die Maschine zur Verbesserung der Welt sind wir alle. Nur funktionieren wir nicht." Dann wechselte der Gedanke die Richtung und wurde traurig: „Wir funktionieren nicht, weil der Maschine, die wir sein könnten, der Antrieb fehlt." Dann wechselte der Gedanke nochmals die Richtung, ja, es gibt viele Richtungen, vielleicht befand er sich nun aber auf einem Irrweg oder in einer Sackgasse. Der Gedanke lautete jetzt jedenfalls so: „Die Maschine zur Verbesserung der Welt funktioniert eigentlich." So wurde aus dem Gedanken ein erschreckender Gedanke, bedeutete

* Allerdings erwies sich das unheimliche Weiße dort als fast harmlos.

er doch, dass die Verbesserung selbst untauglich war, da sie sich quasi unbemerkt vollzog, also keine Verbesserung war, die ja bemerkbar sein müsste, um eine solche zu sein. Eine unmerkliche Verbesserung war jedenfalls keine, oder verbarg womöglich sogar eine Verschlechterung.
Noch einmal ließ Mimi den Gedanken die Richtung wechseln: „Die Maschine zur Verbesserung der Welt sind wir alle, weswegen die Maschine funktionsuntüchtig ist“. Auch das war ein bitterer Gedanke, der besagte, dass wir selbst nicht ausreichend funktionstüchtig im Sinne einer Verbesserung der Welt waren. So würde das gute Leben für Alle eine ewige Karotte vor den sehnsüchtigen Nasen bleiben! Mimi wendete sich dann wieder dem allerersten Gedanken der Autorin zu, der durch die Welt streunte und dabei gelegentlich die Richtung wechselte, aber dann immer wieder zu seiner anfänglichen Richtung zurückkehrte, nämlich: „Die Maschine zur Verbesserung der Welt sind wir alle. Nur funktionieren wir nicht.“
Oh weh.
Halt.
Mimi fügte dem Gedanken das kleine Wörtchen „noch“ hinzu. „Danke“, sagte der Gedanke, der nichts dagegen hatte, etwas zukunftsorientierter gedacht zu werden: „Danke!“

Auch Mein Spatz umklammerte einen Notizblock, auch Mein Spatz wurde von den Gedanken in der einen oder anderen Richtung durchquert.
Dann reichten die beiden einander die Hand. Beide hatten kurz überlegt, ob ein Händedruck wirklich eine passende Begrüßung war, schließlich war Corona noch nicht vorbei und zweitens, überhaupt: Händedruck! Würde nicht ein einfaches Zunicken ausreichen? Versprach ein Händedruck nicht schon sehr viel an Partner:innenschaft und Zusammengehörigkeit? Oder war es gerade dieses Versprechen, das die beiden zum Ausstrecken der Hände veranlasste?

Wie auch immer, beide streckten die rechte Hand aus und ergriffen die ausgestreckte Hand ihres Gegenübers.

Pause.

Als Mimi La Whipp die Hand von Mein Spatz loslassen wollte, zeigte sich, dass die Hände zusammenklebten.
Fest zusammenklebten.
*
Sehr fest.

* An dieser Stelle meldet sich die Autorin Ilse Kilic zu Wort. Eigentlich ist für sie an dieser Stelle keine Wortmeldung vorgesehen, deswegen drängelt sie sich in eine Fußnote. Sie sagt: „Ich als Autorin bin nun einigermaßen verwirrt, ja sogar etwas unwillig. So hatte ich mir den Auftritt der Kriminalliteratur oder, besser gesagt, der Abenteuerliteratur innerhalb meines Textes nicht vorgestellt. Um Missverständnissen und allfälligen Fehldeutungen und Interpretationen vorzubeugen, halte ich außerdem fest, dass dieses Kapitel entstanden ist, bevor die Klebeaktionen der Klimaaktivist:innen, welchen ich mit Herzenswärme gegenüberstehe, begonnen hatten.“ Wie sich zeigt, kann „kleben“ und „festkleben“ verschiedene Gründe und auch verschiedene Konsequenzen haben.

Was? sollte? das? bedeuten?
Was? sollte? das? bedeuten?

Mimi zerrte und zog, aber die Klebestelle hielt. Mein Spatz zeigte keinerlei Gemütsregung und sagte kein einziges Wort, zerrte aber ebenfalls hektisch an seiner Hand, die in Mimis Hand festklebte.
Aufschrei.
Die Mappe, die Mimi La Whipp in der linken Hand gehalten hatte, fiel zu Boden. Auch der Notizblock von Mein Spatz lag plötzlich am Boden.
Inzwischen hatten sich die dichten grauen Nebelschwaden ausgebreitet. Die Beine von Mimi La Whipp und Mein Spatz waren umwölkt von dichtem Nebel.

Ausnahmezustand im Text.

Was nun?

Was nun?

Schweigen.
Wir müssen ein Krankenhaus aufsuchen!

Schweigen.
Wir müssen ein Polizeikommissariat aufsuchen!

Schweigen. Schweigen.

Schweigen.*

Schweigen. Schweigen.

---

* Nein, noch gibt es keine Erklärungen. Ob es welche geben soll, ist unklar. Nicht alle Unklarheiten lösen sich auf. In der sogenannten real existierenden Wirklichkeit nicht und auch nicht in der Kunst. Pst!

Von weitem war dann die Stimme der literarischen Beraterin Suzie Traktor zu hören. Sie klang erheitert und amüsiert. In der Tat, Suzie Traktor zeigte sich zufrieden damit, dass die beiden Hauptpersonen des Textes in ihrer Forschungsarbeit unterbrochen worden waren, ja, dass das unerwartete Auftreten dieses geheimnisvollen Klebeeffektes möglicherweise der romantischen Liebe zu einem Auftritt in diesem Text verhelfen würde. Schließlich gehören räumliche und physische Nähe zu den Bedingungen, unter denen die romantische Liebe gerne auftritt und gerne beschrieben wird. Das unwahrscheinliche Auftreten eines so seltsamen Phänomens, wie es das spontane Zusammenkleben von Personen nunmal war, störte Suzie Traktor nicht weiter. In der real existierenden Wirklichkeit ist für allerhand Unwahrscheinlichkeiten Platz und in der Wirklichkeit eines fiktiven Textes ebenfalls. Schließlich ist das Unwahrscheinliche möglich. Es ist nur weniger wahrscheinlich als das Wahrscheinliche, weswegen es meist unerwartet eintritt, wenn es denn - selten, aber doch - eintritt. Punkt.

---

* Die romantische individuelle Geschlechtsliebe tritt manchmal als Naturgesetz auf, ist allerdings kein solches, sondern wurde erfunden. Zu ihren Bedingungen gehört die ständige Kontrolle der Gefühlswelt der an ihr beteiligten Personen hinsichtlich der Frage, ob die Liebe noch vorhanden ist. „Liebt mich der oder die andere noch?“, „Liebe ich den oder die andere noch?“ Meist weichen die Vorstellungen der an einer romantisch-individuellen Liebesbeziehung Beteiligten voneinander ab, insbesondere wenn es sich um eine sogenannte heterosexuelle Beziehung in patriarchalen Gesellschaften handelt. Die Liebe als fürsorgliche Stärkung der anderen Person ist nicht für alle Geschlechter gleich bedeutsam. Und das sagt Toni Morrison: „Die romantische Liebe ist die zerstörerischste Idee in der Menschheitsgeschichte“ (nachzulesen im Comic „Der Ursprung der Liebe“ von Liv Strömquist, avant-verlag 2018).

Kapitel 11

Solo für Suzie Traktor

Es ist an der Zeit, mehr über Suzie Traktor zu erfahren. Wie wurde sie literarische Beraterin in diesem Text? Ist der Text, was weitere Angaben über sie betrifft, zur Verschwiegenheit verpflichtet? Was sind ihre Aufgaben als Beraterin, wie sind die Bedingungen ihrer Mitarbeit? Wie erfolgt die Berechnung ihres Honorars? Beansprucht sie einen Platz auf dem Buchcover oder im Impressum? Was sind die Schwerpunkte ihrer Beratungstätigkeit? Hat sie sich mit gendergerechter Sprache auseinandergesetzt und versucht, ästhetisch ansprechende Lösungen für die Präsenz verschiedener Geschlechter im Text zu entwickeln und anzubieten? Achtet sie darauf, dass Personen verschiedenen Alters, verschiedener Klassenzugehörigkeiten, Hautfarben und Geschlechter Platz finden und beschäftigt werden? Kümmert sie sich um barrierefreie Zugänge?
Diese Fragen beantwortet der Text selbst zumindest ansatzweise.
Wie aber wurde Suzie Traktor Mitglied der Jury eines Literaturpreises? Kann sie über ihre Kriterien für die Vergabe eines Literaturpreises Auskunft geben? Wie steht sie grundsätzlich zur Vergabe von Literaturpreisen und damit zur Bestimmung und Benennung von Qualitätskriterien? Für wie sinnvoll hält sie die Unterscheidung zwischen sehr guten Texten, guten Texten, mittelmäßigen Texten, schlechten Texten und sehr schlechten Texten? Wie definiert sie das wechselseitige Abhängigkeitsverhältnis zwischen diesen fünf Textsorten?
Suzie Traktor hat vor einiger Zeit eine kritische Reflexion über Jurys verfasst, allerdings war sie zu dieser Zeit selbständige Autorin und weder als literarische Beraterin noch als Mitglied einer Jury tätig. Ihr Text trägt den Titel „Über Geschmack lässt sich streiten“ und wird hier auszugsweise wiedergegeben. Suzie Traktor, die die Rechte an dem Text besitzt, hat dazu ihre Ein-

willigung erteilt. Sie möchte durchaus, dass alle Personen im Text und die Leser:innen des Textes ihre Motive besser kennenlernen.

Suzie Traktor: Über Geschmack lässt sich streiten.

Jurys innerhalb des Kunst- und Literaturbetriebs dienen zur Beurteilung der Preis- und/oder Stipendienwürdigkeit eines Künstlers, einer Künstlerin. Angemerkt sei dazu, dass Stipendien und Preise in der Regel mit Geldzuwendungen verbunden sind, welche für das spärliche Einkommen Kunstschaffender eine meist notwendige Ergänzung ausmachen und es Kunstschaffenden ermöglichen, sich auf ihre Werke zu konzentrieren. Es ist also existentiell notwendig, gelegentlich bei Preis- und Stipendienvergaben berücksichtigt zu werden. Mit der Zuerkennung eines Preises oder Stipendiums an eine Person ist zwingend die Ablehnung anderer Personen verbunden. Gleichermaßen verbunden ist mit der Beurteilung der Preiswürdigkeit eines Werkes die Bejahung eines Qualitätsbegriffs, genauer gesagt die Idee, dass Qualität feststellbar und beurteilbar sei und dass man selbst, als Jurymitglied, gut und besser beziehungsweise schlecht und schlechter klar unterscheiden könne. Nebenbei bemerkt bedeutet die Tatsache, dass es „gute" Kunst gibt, gewissermaßen zwangsläufig, dass es auch „schlechte" Kunst gibt, ja, dass es ohne letztere auch die erstere nicht geben kann. Die gute Kunst verdankt also der schlechten Kunst nicht weniger als ihre Existenz, jedenfalls in der Welt der Sprache. Jurys aber verdanken der Tatsache, dass innerhalb der Kunst zwischen guter, besserer, bester und schlechter, schlechterer und schlechtester Kunst unterschieden wird, ihre Ächzistenz.
Es ist Teil der Arbeit als Schriftsteller:in, sich um Preise und Stipendien zu bewerben und solcherart für den eigenen Lebensunterhalt (nicht zu verwechseln mit Lebensunterhaltung)

zu sorgen. Zugleich wird auf diese Art auch der Betrieb am Leben gehalten, der seinerseits wiederum zum Lebensunterhalt der Schriftsteller:innen beiträgt und dafür ihre Präsenz verlangt. Teil der schriftstellerischen Arbeit ist es aber auch, Ablehnungen nie und nimmer als Werturteile zu betrachten, da solche sich auf die eigene schriftstellerische Tätigkeit störend auswirken und die Fähigkeit, sich am Literaturbetrieb aktiv zu beteiligen, reduzieren können. Dieser Logik folgend darf auch die Zuerkennung eines Stipendiums oder Preises nicht als Werturteil aufgefasst werden. Darin liegt eine Problematik des Umgangs mit Ablehnung und Zuerkennung beziehungsweise mit dem Begriff Qualität als Not&Wendigkeit.

Der Begriff Qualität als Gesamtheit der Eigenschaften einer Sache hat eine lange Geschichte, die sich nicht primär mit Qualitätskriterien der Kunst befasst. Qualität kann dabei schwer konkretisiert werden, wie auch der Begriff Schönheit nicht allgemein definiert werden kann. Für wirtschaftlich relevant wird meist ein produktbezogenes Qualitätsverständnis erachtet, zum Beispiel hat ein Fahrrad umso mehr Qualität, je besser und störungsfreier es betrieben werden kann. Allerdings könnten die Vorstellungen über die gewünschten Eigenschaften eines Fahrrads bei verschiedenen Nutzer:innen deutlich voneinander abweichen, was etwa Fahrkomfort, Anzahl verfügbarer Gänge, Zusatzausstattungen oder Material betrifft. In diesem Zusammenhang ist auch das wertorientierte Qualitätsverständnis zu sehen, das sich auf das Verhältnis zwischen Preis und Leistung bezieht oder die einzelnen Aspekte eines Fahrrads getrennt bewertet.

Es gibt viele Bereiche, wo es notwendig ist, Qualität zu bestimmen und zu bemessen. Ärztliche Kunst zum Beispiel gehört dazu. Die Kunst, ein Fahrrad zu reparieren, gehört ebenfalls dazu. Wie aber würde die Qualität der Reparatur ein-

zuschätzen sein, wenn das reparierte Fahrrad danach als Nähmaschine Verwendung finden könnte?

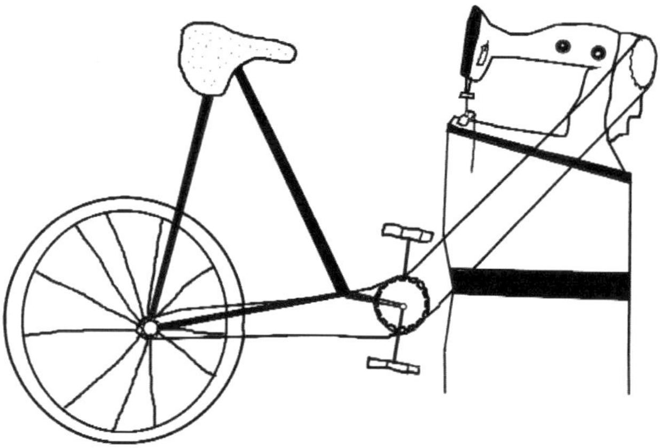

Eventuell wäre diese Fahrradreparatur dann so „schön wie das zufällige Zusammentreffen einer Nähmaschine und eines Regenschirms auf einem Seziertisch", um an dieser Stelle den französischen Dichter Lautréamont zu zitieren und einen Bogen zur Kunst zu schlagen, der Kunst im engeren Sinne, oder sagen wir so: der Kunst im Sinne der „Schönen Künste" (wiewohl diese Künste mitnichten schön sein müssen). In der Kunst kann von den skizzierten Qualitätsbegriffen maximal der erste geltend gemacht werden, jener nämlich, der Qualität als subjektive Erfahrung charakterisiert, die nicht allgemein definiert werden kann. Die Qualität als Übereinstimmung mit Anforderungen wird im Falle von Stipendien und Preisen durch die Einreichbedingungen festgelegt, in denen gefordert wird, dass es sich bei den Einreichungen um Werke der Kunst handeln müsse. Was genau ein Werk der Kunst ausmacht, ist wiederum nicht eindeutig festgelegt und immer wieder Gegenstand von Diskussionen.
Generell ist festzuhalten, dass die Notwendigkeit, Qualität in der Kunst zu bestimmen, eng mit materiellen Bedingungen verknüpft ist, etwa hinsichtlich der Förderungsmöglichkeiten, die

sich, natürlich, darauf berufen, gute, nein beste! Qualität zu fördern. Außerdem geht es um Bezugssysteme, in denen sich Zusammengehörigkeiten manifestieren und in denen die Verständigung über Qualitätsurteile auch Verbundenheiten ausdrückt wie zum Beispiel in Vereinen, bei der Projektarbeit oder bei verlegerischen Tätigkeiten. Auszugehen ist ferner auch davon, dass sich sowohl Jurymitglieder als auch Lektor:innen, Lehrbeauftragte, Kritiker:innen und nicht zuletzt die Künstler:innen selbst Qualitätskriterien erarbeiten, aber auch in Übereinstimmung mit dem Kanon oder intuitiv-spontan zur Anwendung bringen.

Wer also über Qualität streiten will: Es ist möglich. Und möglicherweise sogar vergnüglich.

PS.: Und dann gibt es noch etwas anderes als Qualität und Qualitäten. Manchmal kann Kunst richtig falsch liegen. Manchmal kann Kunst falsch richtig liegen. Will die Kunst Schaden anrichten? Ja, nein, vielleicht, manchmal, selten, immer, Unsinn, das kommt darauf an.

Diese Standortbestimmung von Suzie Traktor lässt einige Fragen offen, aber es ist die Eigenschaft von Personen im Text – und eine solche ist ja Suzie Traktor –, nicht alle ihre Überzeugungen in aller Kürze darzulegen, zumal wenn sie nicht die eigentliche Hauptperson des Textes sind. Suzie Traktor wäre gern einmal Hauptperson in einem Text. Sie bewirbt sich immer wieder bei den verschiedensten Autor:innen. Die Autorin Ilse Kilic sieht dem Moment, wo Suzie Traktor in einem Text einer anderen Autorin, eines anderen Autors auftritt, allerdings mit Besorgnis entgegen. Sollte einem Leser, einer Leserin dieses Textes ein literarisches Werk bekannt sein, in dem Suzie Traktor als Hauptperson auftritt, wird um Nachricht an den Verlag gebeten.

Kapitel 12

Klebsiella und Klebseria – Bakterien, die es gibt, und solche, die es geben könnte

Mimi La Whipp und Mein Spatz saßen mittlerweile mit zusammenklebenden Händen gemeinsam mit einigen anderen Personen, deren Hände ebenfalls zusammenklebten, im Warteraum der Ambulanz eines Krankenhauses. Es wurde heftig über die Ursache des Zusammenklebens spekuliert.
Die Beraterin Kin, online fast immer erreichbar, gelegentlich auch vor Ort, und vielleicht mit künstlicher Intelligenz* ausgestattet, jedenfalls geübt im Herstellen von informativen Beziehungen und Begegnungen, hatte sich in der Zwischenzeit über den Klebeeffekt und das diesen Effekt verursachende Bakterium Klebseria schlau gemacht:
Was es sich lohnt zu wissen:

„Klebseriabakterien stammen von den ursprünglich gefährlichen Klebsiellabakterien ab, haben im Zuge ihrer Entwicklung aber das mit Klebsiella verbundene Gefahrenpotential verloren. Klebseria ist also als Krankheitserreger praktisch unbedeutend. Das Bakterium liebt die Handinnenflächen von Menschen, diese verletzlichen und sensiblen Zonen mit ihren Falten und Fältchen sowie den feinen Papillarlinien, die die Handfläche struk-

---

* Ich verweise auf ein Buch von Jörg Piringer, das den Titel „Günstige Intelligenz“ trägt (Ritter Verlag 2023). Dort werden Fähigkeiten Künstlicher Intelligenzen ausgelotet und dazugehörige Fragen gestellt. Kin, die sich hier, in diesem Text, mit Verwandtschaften und Wahlverwandtschaften befasst, ist – möglicherweise – auch in Piringers Buch präsent. Vielleicht lässt sie sich aber auch mit anderen Künstlichen oder Günstigen Intelligenzen verwechseln. Es gehört zu den Eigenheiten von Verwandtschaften, dass nicht immer alle Verwandten über sie Bescheid wissen. Was ein echtes Netzwerk sein will, darf sowieso nicht untätig werden, ganz egal, auf welcher physikalischen oder elektronischen Basis die Vernetzungen vor sich gehen.

turieren. Klebseria erweist sich aber als besonders hartnäckig, was seine Entfernung betrifft. Gewöhnliches Händewaschen stört Klebseria kaum, auch dann nicht, wenn Seife und heißes Wasser verwendet wird. Der Klebeeffekt entsteht durch die Bakterienhülle, die durch den Druck der beiden Handinnenflächen schwallartig ein klebriges Stoffwechselprodukt freisetzt. Dieser Effekt beschädigt allerdings auch Teile der Hülle, weswegen Klebseria den Teilungsprozess beendet und von der Handfläche abblättert. In der Folge bildet sich auch der Klebeeffekt zurück. Ein Weiterwandern des Bakteriums auf andere, bisher unbesiedelte Handinnenflächen findet meist durch Hautkontakt, gelegentlich auch durch Kontakt von Türschnallen oder Haltegriffen statt.*

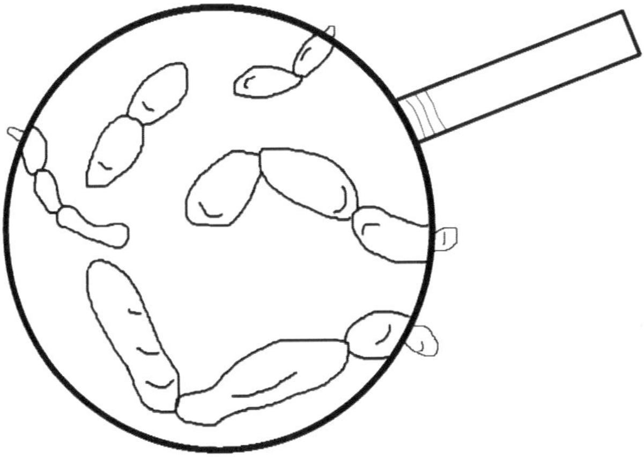

Der Klebeeffekt ist durchaus dazu geeignet, für Verunsicherung, ja sogar bleibende Veränderung der psychischen Verfasstheit zu sorgen. Gelegentlich geraten Besitzer:innen der zusammenklebenden Hände auch in schmerzhafte Auseinandersetzungen, vor allem dann, wenn durch das Zusammenkleben wichtige Vorhaben unmöglich gemacht werden. Die Verwendung von

* Dieser Effekt kann allerdings auch nach dem Ende der Bakterienbesiedlung noch mehrere Tage, sehr selten auch Wochen anhalten.

Lösungsmitteln wird nicht empfohlen, weil die meisten Lösungsmittel die weitere Verbreitung von Klebseria fördern, indem das Bakterium sie verstoffwechseln und als Nahrung verwerten kann. Überdies können die meisten Lösungsmittel den Klebeeffekt nicht wesentlich verringern. Empfohlen wird, auf das natürliche Ende des Klebens zu warten, da Klebseria keinen Schaden anrichtet und die Handflächen der Betroffenen keine Verletzungen davontragen, es sei denn, durch Auftragen aggressiver Lösungsmittel.

Im Rahmen der wissenschaftlichen Beobachtung des Phänomens wurden bei einigen Personen während und nach Verschwinden des Klebeeffektes Veränderungen und Auffälligkeiten bemerkt, bei denen ein Zusammenhang mit Klebseria vermutet wurde. Dieser Zusammenhang ist aber bislang noch nicht bestätigt. Die Veränderungen der Personen begannen meist mit Äußerlichkeiten, so begannen sich etwa die glatten Haare einer Person, die mit einer lockigen Person zusammenklebte, in Locken zu legen. Manchmal änderte sich bei einer Person die Haarfarbe oder die Augenfarbe, wenn sie mit einer Person anderer Haar- oder Augenfarbe zusammenklebte, gelegentlich verschwanden Falten oder konfigurierten sich neu, manchmal wurde die Hautfarbe dunkler oder heller. Es wurde sogar von einem Fall berichtet, bei dem sich die Blutgruppe einer Person geändert hatte. Auch Berichte von Persönlichkeitsveränderungen waren aufgetaucht, diese wurden zunächst als Fake News, dann als posttraumatische Symptomatik bewertet. Doch zeigte sich bei diesen Veränderungen stets ein Zusammenhang mit Eigenschaften und Eigenheiten des Klebepartners oder der Klebepartnerin. Sanftmütige Menschen wurden jähzornig, wenn die andere Person zum Jähzorn neigte, sportbegeisterte Menschen standen dem Sport plötzlich ablehnend gegenüber, wenn sie mit einer unsportlichen Person zusammengeklebt waren, Weintrinker wurden zu Bier-

trinkern und Biertrinkerinnen zu Weintrinkerinnen, auch plötzliche Abneigungen gegen Alkohol generell wurden festgestellt. Gelegentlich konnte ein überraschendes Auftreten von Fremdsprachenkenntnissen beobachtet werden, wenn Personen verschiedener Sprachkenntnisse miteinander verklebt waren. Kranke Menschen wurden gesund, gesunde Menschen wurden krank. Personen entwickelten Allergien, die sie quasi von der mit ihnen zusammengeklebten Person übernommen zu haben schienen, wobei diese aber trotzdem die Allergie weiterhin ihr eigen nannten. Schlüssige Erklärungen gab es nicht.
Unklar blieb auch, ob es Eigenschaften gab, die sich als dominant erwiesen oder ob es sich vielmehr um die Person handelte, die dominant war, indem sie Eigenschaften weitergab, wobei sich die Frage stellte, wieso und unter welchen Bedingungen sie diese manchmal, aber nicht immer, auch selbst behielt.
Unklar war auch, welche Grenzen den Veränderungen gesetzt waren.
Konnten Männer sich in Frauen verwandeln, alte Menschen in junge?
Konnten Organschwächen dauerhaft verschwinden?
Konnten Tumore sich rückbilden und wie groß war das Risiko, dass die bislang gesunde Person eine Tumorerkrankung entwickelte?
Ungeklärt blieb bislang auch die Frage, auf welche Art und Weise es zu diesem Austausch kam und ob es dabei zu einer dauerhaften Veränderung genetischen Materials kommen*

---

* Die Autorin Ilse Kilic ist fasziniert von der Idee eines horizontalen Gentransfers, wie ihn etwa die Wissenschaftlerin Lynn Margulies für möglich hält. Sie könnte dann zum Beispiel mit dem bereits weißhaarigen Schriftsteller und Partner Fritz Widhalm Hand in Hand spazierengehen und danach hätte auch sie weiße Haare. Das wäre allerdings ein recht kleiner Effekt, der vielleicht gar keines Gentransfers bedürfte, da es genügen könnte, lange genug zu warten, auf dass die Zeit ihr Werk verrichte und der Autorin weiße Haare schenke.

konnte. Klebseria verfügt zwar wie viele Bakterien über Crispr, also über „gebündelte in regelmäßigem Abstand erfolgende kurze palindromische** Wiederholungen", es gilt jedoch als unmöglich, dass sich eine Bakterie die Methode, die unter dem Namen Genschere bekannt ist, aneignet und aus eigenem Antrieb Eingriffe in die DNA von Lebewesen plant und vornimmt. Vermutlich hat Klebseria keinen Plan. Nein, wahrscheinlich nicht. Vielleicht aber doch. Bakterien können die Welt verändern und sie haben das auch schon getan, um sich selbst bessere Lebensbedingungen zu verschaffen. Was könnte der Vorteil sein und für wen könnte es ein Vorteil sein, wenn Menschenhände zeitweise aneinanderkleben***? Was könnte*

---

* Clustered Regularly Interspaced Short Palindromic Repeats, also sich wiederholende DNA-Abschnitte. Solche Abschnitte wurden schon 1987 entdeckt. Sie sind eine Grundlage für die Methode Crispr/Cas, salopp Genschere genannt.

** Ein Palindrom ist eine Zeichenfolge, die vorwärts und rückwärts gelesen einen Sinn ergibt. Das Wort Rentner ist ebenso ein Palindrom wie das Wort Lage. In der Biologie versteht man unter einem Palindrom einen DNA Abschnitt, der in jedem der beiden Stränge die gleiche Basensequenz enthält. Ein Palindrom ist immer ein Anagramm. In Umberto Ecos Roman „Das Foucaultsche Pendel" wird die Vermutung geäußert, dass das Spiel mit Anagrammen Krebs hervorrufen könnte, indem es die eigene DNA zur Anagrammbildung anregt. Ein beunruhigender Gedanke, zumal im Text eine anagrammbegeisterte Romanfigur an Krebs stirbt. Bis heute ist die Vermutung aber für Personen außerhalb eines Romans unbestätigt.

*** Zwischenruf! Der Händedruck beziehungsweise das Händeschütteln ist als Begrüßung in manchen Weltgegenden sehr, in anderen weniger, beziehungsweise nicht unter allen Bevölkerungsgruppen verbreitet. Der Händedruck gilt als Ritual zwischen Gleichgestellten. Während der Corona Pandemie war Händeschütteln wegen der Gefahr der Infektion verpönt, zur Zeit wird dieser Brauch aber vielerorts wieder durchgeführt, wenngleich mit Zurückhaltung. Der Klebeeffekt könnte die Bereitschaft zum Händedruck verringern, das kalkulierte Risiko des Festklebens inklusive Austausch von Eigenschaften könnte ihn auch spannend und attraktiv machen.

der Vorteil für ein Bakterium sein, wenn Menschen ihre rechte Hand eine Weile lang nicht verwenden können? Oder kann man annehmen, dass Klebseria nicht nur an den eigenen Vorteil denkt, sondern an einen Vorteil für einige andere Lebewesen, die Wirbellosen zum Beispiel, die ja die Mehrheit der Bewohner:innen des Planeten darstellen? Nun, Menschen mit zusammenklebenden Händen können etwas weniger Unsinn treiben, kein Fahrzeug lenken und keinen Wurm auf einen Angelhaken spießen. Auch das Schwimmen wäre aber schwierig und würde eine besondere Technik erfordern, die die Zusammenklebenden gemeinsam erlernen müssten, vielleicht sähe das dann so ähnlich aus wie ein Wasserballett.

Was könnte der Vorteil sein, wenn Menschen sich und ihre Eigenschaften einfach so ein bisschen austauschen? Könnten Menschen davon profitieren, dass in ihren Handflächen Klebseria haust und sie aneinander festklebt? Würden auf diese Art neue Verwandtschaftsbeziehungen entstehen?
Wir wissen es nicht. Noch nicht.

Soweit, so gut. Eine Überprüfung von Kins Angaben hinsichtlich des Auftretens und der Beobachtung des Klebeeffektes

ist außerhalb dieses Textes bisher nicht erfolgt, es könnte sich also auch einfach um eine Erfindung im Rahmen eines Kunstwerkes handeln. Die ganze Sache könnte aber auch eine über diesen Text hinausgehende Inszenierung sein, geplant von wem auch immer. Auch dieser Text wäre dann Teil der Inszenierung. Es gilt also, aufmerksam zu sein und zu bleiben.
Wie so oft.

Bei Mimi La Whipp und den anderen Personen, die im Warteraum der Ambulanz saßen und mit ihrer Situation alles andere als zufrieden waren, kam unterdessen Ärger auf. Von medizinischer Seite war wenig Hilfe zu erwarten, wenngleich alle Fälle dokumentiert wurden und etwaige Spätfolgen beobachtet werden sollten. Aber konnten diese Bakterien nicht nützlichere Dinge tun als Handinnenflächen zusammenkleben? Etwa Plastik aus den Meeren filtern? Sich gegen bedrohliche Viren in Stellung bringen? Co2 binden? Bei der Produktion alternativer Treibstoffe behilflich sein? Die Luft reinigen? Partnerschaften mit möglicherweise frei lebenden künstlichen Intelligenzen suchen, um Reparaturtechniken zu entwickeln? Als Vorbilder hinsichtlich Anpassung und Kooperation dienen? Dabei helfen, das Schicksal günstig zu stimmen?

Mimi fiel beim Gedanken an das Schicksal, das sich nicht immer günstig stimmen lassen will, ein Gedicht von Veronique Homann* ein, das folgendermaßen lautet:

SCHICKSAL
nein
Serendipität
ja

---

* Veronique Homann: „Sid Wischi Waschi“, parasitenpresse 2021.

Mein Spatz dachte an das Buch von Wjatscheslaw Iwanow und Michael Gerschenson mit dem Titel „Briefwechsel zwischen zwei Zimmerwinkeln"*, in dem unter anderem die Frage gestellt wird, ob Wissenschaft und Kunst einen Sinn haben oder ob sie nur Beschwerlichkeit bedeuten, vergleichbar mit schweren Kleidern, die man ausziehen will, ja, sogar ausziehen muss, um zum Beispiel das Tanzbein schwingen zu können. Schadet Wissen der Glückseligkeit? Verringert es die Möglichkeit des Staunens und der Begeisterung?

Ach! Wäre es besser, fragte Mein Spatz nicht ohne zweifelnden Unterton, wäre es besser, auf andere Arten von Wissen und Nichtwissen zu setzen, etwa jene, die es ermöglichen oder erleichtern, sich zu verwandeln?

* Pforte Verlag 2008.

Läge in der Verwandlung* eine Chance? Die überwältigende Mehrheit der Erdbewohner:innen sind Bakterien und andere Mikroorganismen. Wäre es möglich, mit jenen Kleinstlebewesen gemeinsame Sache zu machen? Bakterien aller Länder, verklebt uns? Natürlich sind Mikroorganismen sowieso Teil des Lebens, nämlich jeden Lebens. Mein Spatz wünschte sich keine völlige Verwandlung, sondern ein Sich-Anverwandeln, eine Verwandtmachung. Viele Organismen waren Meister:innen der Anverwandlung, aber sie ist ein meist langwieriges Projekt, wenn sie in der sogenannten real existierenden Wirklichkeit stattfindet. In fiktiven Welten wie Film, bildender Kunst oder Sprachkunst kann die Sache natürlich anders aussehen und anders ausgehen.

---

* Die Autorin Ilse Kilic ergänzt dieses Kapitel mit zwei Kurzvorlesungen von Mary Ruefle. Sie befinden sich im „Schreibheft. Zeitschrift für Literatur Nr. 97“. Die Kurzvorlesungen betreffen zwar nicht die Bakterien, lassen sich aber als Kommentar zu Kunst und Hoffnung auffassen. Um die zweite Zeile der ersten Kurzvorlesung zu verstehen, müssen die Leser:innen wissen, dass die Autorin auf Englisch schreibt. Die Verwandlung, die in der zweiten Kurzvorlesung zur Hoffnung Anlass gibt, verweist auf eine bedenkenswerte Lesart der Erzählung „Die Verwandlung“ von Franz Kafka.

<u>Warum</u>
<u>UNSERE literarischen BEMÜHUNGEN</u>
<u>alle keinen Zweck haben</u>

Fünfundachtzig Prozent aller lebenden Spezies sind Käfer und andere Insektenarten. Nur fünf Prozent der Weltbevölkerung sprechen Englisch.

<u>Warum</u>
<u>es Hoffnung geben könnte</u>

Eine der bedeutendsten Geschichten, die je geschrieben wurden, handelt von einem Mann, der beim Aufwachen feststellt, dass er in einen riesigen Käfer verwandelt wurde.

Intermezzo 3

Melancholische Wolken aus meteorologischer Sicht

Die nebeligen Schwaden, die Mimi La Whipp und Mein Spatz bei ihrer Begegnung umschwärmten, verlangen eine Erklärung, weswegen ich als eine der Randfiguren dieses Textes das Wort ergreife. Ich habe in diesem Text keinen festen Platz, gehöre aber zu seinen Begleiter:innen und bin für die Wetterlage der Außenszenen zuständig.
Was bedeuten also diese Wolken rund um die beiden Hauptpersonen Mimi La Whipp und Mein Spatz? Hatten und haben sie eine Auswirkung auf den Text und das Textpersonal? Was stellt das Weiße dar, das zunächst wie ein Gesicht erschien, sich aber bei genauerer Betrachtung als Vögelchen entpuppte? Falsch, es sah aus wie ein fliegender Fisch. Falsch, es hat sich soeben in einen Luftballon verwandelt, der einem Hasen ähnlich sieht.
Alle Objekte, die in den Wolken zu sehen waren, veränderten immer wieder ihre Gestalt und verwandelten sich zum Beispiel von einem Gesicht in einen Globus, dann in eine Brille und schließlich wiederum in ein Gesicht oder in ein geflügeltes Fabelwesen mit vier Beinen. Alles in allem ein seltsamer Anblick, der auch mich als meteorologisch kundige Textbegleiterin überraschte, zumal die Wolken sich von mir unbemerkt in diesem Text Platz verschafft hatten. Ich erkannte aber in diesen nebeligen Schwaden die in der Fachliteratur immer wieder beschriebenen „Melancholischen Wolkengebilde", Produkte der Trauer und der fragmentarischen Trauerarbeit menschlicher und nichtmenschlicher Akteur:innen. Während ich das Wort „nichtmenschlich" niederschreibe, fällt mir auf, dass das Nichtmenschliche etwas völlig anderes bedeutet als das Unmenschliche. Das Unmenschliche gilt zumeist als etwas, das dem Menschlichen diametral entgegengesetzt ist, es bezeichnet keine Lebewesen aus dem Spektrum des nichtmensch-

lichen Lebens, sondern Menschen, die sich von dem, was gemeinhin unter menschlichem Verhalten verstanden wird, entfernt haben. Von solchen Menschen sagt man, dass sie eigentlich Unmenschen seien. Nichtmenschliche Lebewesen indes werden nicht als Unmenschen bezeichnet.

In Melancholischen Wolken verstecken sich also Fragmente und Rückstände von Verlusterfahrungen oder ehemaligen Begehrlichkeiten, die so gewichtig und schwer wurden, dass sie mit neuen Erfahrungen oder verspäteter beziehungsweise partieller Wunscherfüllung nicht mehr aufzuwiegen sind. Das Leben in der sogenannten real existierenden Wirklichkeit kann ohnedies nur in geringem Maße mit den Wünschen und fantastischen Begehrlichkeiten ihrer Bewohner:innen mithalten. So ziehen immer wieder Melancholische Wolken durch die Gegend, dank der Schwerkraft und der den Wolken innewohnenden Schwermut meist bodennah, manchmal auch etwas höher, aber immer in Sichtweite und Reichweite jener Lebewesen, die für die Wolkeninhalte, die spezifischen Traumgebilde also, verantwortlich sind. Gelegentlich nimmt sich jemand einer solchen Wolke an, befreit das darin hausende Erinnerungsfragment und verleiht ihm einen Platz in einem Roman, einem Film, einem Musikstück oder einem Gedicht, vielleicht auch in einem schönen Traum, der sich immer wieder träumen lässt. Auf solche Art und Weise entstand auch das folgende Haiku:

Der Globus zeigt dir
fast alles. Doch nicht den Ort
wo Zukunft entsteht.

Mit diesem Gedicht war die Wolke, die einen Globus in sich verborgen hatte, vorerst zufrieden und schwebte erleichtert davon. Der Globus würde gerne den Ort der Zukunft zeigen können, doch in dem Gedicht war keine Zukunft enthalten, von der sich der Globus ein Stückchen hätte aneignen können.

Der fliegende Fisch
spricht als Trugbild von Zukunft:
enttäusche dich nicht!

Manche Objekte konnten aus den Melancholischen Wolken befreit werden, indem sie in Romanen, Filmen, Musikstücken oder Gedichten auftraten und dort die Trauer darstellten, die mit ihnen verbunden war. Jedoch blieben viele dieser Befreiungen temporär und die Objekte verfingen sich alsbald wieder in den Wolken der Melancholie. In einigen seltenen Fällen geschah es aber, dass die Objekte in der Melancholie selbst tätig wurden, zum Beispiel begann der fliegende Fisch, seine eigenen Gedichte zu verfassen und damit über kurz oder lang die Wolke durchlässig zu machen, bis er schnurstracks herausspringen konnte. Wo er gelandet ist und wie es ihm danach erging, ist eine Geschichte, die hier keinen Platz findet, nur soviel sei verraten: Er gehörte nicht zu den Gründlingen, mit denen der vormals furchtlose Mann in dem Essay von Mein Spatz auf Seite 45 das Gruseln lernen durfte. Fliegende Fische sind keine Gründlinge und kommen vor allem in tropischen und subtropischen Gewässern vor.

Aus meteorologischer Sicht verdienen die Melancholischen Wolken Anerkennung und Zärtlichkeit, unter anderem auch deshalb, weil sie schon manch trockene und durstige Gegend mit Flüssigkeit versorgt haben. Diese Flüssigkeit enthält zwar salzige Tränen, diese sind aber durch den hohen Wassergehalt der Wolke soweit verdünnt, dass die Salzhaltigkeit vernachlässigbar ist, wenn es aus der Wolke regnet. Die Objekte, die in ihrer Verlorenheit in den Wolken geborgen sind, verdienen ebenfalls Anerkennung und Zärtlichkeit, auch deswegen, weil sie eine Verlorenheit darstellen, die sich der Betrauerbarkeit teilweise oder vorübergehend durch Umwölkung entzogen hat, aber dennoch nicht übersehen werden will.

Es ist aber ratsam, sich in Acht zu nehmen. Melancholien können gewaltige Mächte entfalten. Sie tarnen sich mit versöhnlicher Grundstimmung, ergreifen dabei aber Besitz von Lebewesen, Häusern, ja ganzen Landstrichen, die sie mit örtlichen Leidenschaften aufladen. Solcherart aufgeladene Gegenden provozieren einerseits quälende Gemütsbewegungen und unklare Stimmungslagen sowie zwielichtige Motivationen, andererseits halten sie diese vor Ort fest und verknüpfen sie mit den sich dort aufhaltenden Personen temporär. Gelingt es einer Person, einen solchen Ort zu verlassen, warten diese Gemütsbewegungen auf die nächste Person, die den Ort betritt, sei es als Besucherin, Touristin oder im Rahmen einer Übersiedlung, eines Arbeitsaufenthaltes oder einer Durchreise. Auch Tiere oder Pflanzen, ja sogar nichtlebendige Wirkmächte kön-

nen von der Melancholie ergriffen werden. Laut Renata Maria von Senftlebens* Aufzeichnungen finden sich daher in solchen Gegenden Düsternisse innerhalb und außerhalb der Personen, weiters treten dort häufig Nachtmahre und andere gespenstische Wesen auf, die der Phantasie oder den menschlichen Alpträumen entsprungen sind. Auch Kugelblitze, Verdoppelungen der Schwerkraft und bergauf fließendes Wasser wurden beobachtet.
Von den Melancholischen Wolken hieß es außerdem, dass sie die Fähigkeit hätten, ganze Orte mitsamt Bewohnerinnen und Bewohnern zu verschlucken. Derartige Berichte sind bislang nicht bestätigt, jedoch zeigten sich des öfteren Wolken, in deren Innerem ganze Wohnhäuser, Häuserblocks, Parks, Sportplätze, Theater und Konzerthallen sichtbar waren.
Auch der gefürchtete Groll gegen Alles trat in Gegenden desto häufiger auf, umso mehr Melancholische Wolken sich dort angesiedelt hatten. Vor dem Groll gegen Alles muss sich die ganze Welt in Acht nehmen, da er jede Gelegenheit nützt, um sich der Lebewesen und ihrer Sehnsüchte zu bemächtigen.

Weiterer Nachforschungen bedürfte auch die Frage, ob das literarische Schaffen sich an solchen Orten intensiviert und, wenn ja, ob die entstehenden Werke Gemeinsamkeiten aufweisen, etwa hinsichtlich einer Neigung zu Thrill und Thriller, zu Kümmernis und Mühsal oder zu Herzeleid und Schwermut. Ließen sich diese Fragen mit „ja“ beantworten, so würde die Gegend beziehungsweise deren melancholische Ladung für die Entstehung eines Werkes Bedeutung erlangen, sprich: Autor:innen könnten solche Orte aufsuchen, um derartige

* Vgl. Barbara Bongartz: „Örtliche Leidenschaften. Compilationes.“ Druckhaus Galrev 1997. Hier findet sich die Geschichte von den örtlichen Anbindungen der Melancholie, zu deren Beweis die sogenannten Nachtstücke von der Professorin Renata Maria von Senftleben gesammelt wurden.

Aspekte besser nachvollziehen und in ihre Werke einbauen zu können. Diese Gegenden* wären dann in gewisser Weise am Schaffensprozess beteiligt. Dies könnte bedeuten, dass Aufenthalte an solchen Orten kostenpflichtig würden, vergleichbar etwa der Verrechnung von Kurtaxen an Plätzen, die sich auf gesundheitliche Entwicklungen positiv auswirken, sei es durch besondere Luftqualität oder das Vorhandensein heilkräftiger Quellen. Zugleich könnten Aufenthaltsstipendien ausgeschrieben werden. Autor:innen, die an solchen Orten dauerhaft ansäßig wären, könnten besondere Kompetenzen im Schreiben melancholisch geladener Texte entwickeln oder aber die Einwirkung der Umgebung würde sich durch Gewöhnung abschwächen. Es stellen sich die Fragen, inwieweit ein Autor, eine Autorin überhaupt freie Hand hat bei der Auswahl von Themen, Schwerpunkten und der Grundstimmung der Texte und ob zum Beispiel Temperatur, Luftdruck, Seehöhe, Ernährung, Kommunikationsmöglichkeiten, Vorhandensein von Insekten, Windstärke, Verfügbarkeit von finanziellen Ressourcen und medizinischem Support sowie die Nähe zu anderen Kunstschaffenden die Schreibarbeit von Autor:innen beeinflussen könnte.

Verdammt, knurrte der Text.
Und: Alles wär halb so schwer, wenn alles einfach wär.

* Vgl. „... dass die Gegend, in der ein Geschick beginnt, dieses bestimmt, so unausweichlich, wie die Schüssel das Wasser formt." (Annie Dillard „Einen Stein zum Sprechen bringen", Matthes & Seitz Berlin 2022).

Kapitel 13

Die Autorin erfindet einen Sankt Immerleinstag

Die Autorin hatte indes beschlossen, Mimi La Whipp und Mein Spatz eine Weile sich selbst zu überlassen und dem Bold Hearts Pub einen Besuch abzustatten. Sie wollte in diesem Zusammenhang die Tatsache, dass Mimi La Whipp und Mein Spatz fest aneinander klebten, dazu nützen, den beiden jegliches Experimentieren mit Formeln oder Theorien zur Weltverbesserung aus den Händen zu nehmen. Die bisher erstellten Unterlagen befanden sich vermutlich sowieso schon innerhalb einer Melancholischen Wolke. Die Idee einer Formel für Alles ging damit auch alle Bäche runter, jedenfalls für den Moment. Mag sein, dass es die Melancholie selbst war, die die Autorin ergriff, sodass sie ihren Romanfiguren den zu Beginn nicht ohne Zuversicht gegebenen Auftrag entzog und den Text, der sich übrigens kräftig sträubte, in eine andere Richtung bog. Vielleicht war es aber auch die Melancholie gewesen, die die Autorin zu diesem Auftrag bewogen hatte, dem von Anfang an etwas Zwiespältiges eigen war. Nicht umsonst hatte Mimi La Whipp immer wieder kritische Randbemerkungen artikuliert, nicht umsonst hatte Mein Spatz davon gesprochen, nur im Zweifel sicher sein zu können. Vielleicht lag der Grund für die jetzige Entscheidung auch darin, dass die Autorin in einem Roman des Autors Kurt Vonnegut* das gefährliche „Eis Neun“

---

* Es handelte sich dabei um das Buch „Katzenwiege“ von Kurt Vonnegut, Rowohlt 1963. Hier geht es nicht „nur“ um den Weltuntergang, sondern zum Beispiel auch um Seelenaustausch durch die Fußsohlen und um den Bokonismus. Katzenwiege heißt jenes Fadenspiel (auch Abnehmspiel genannt), bei dem mit einer geschlossenen Kordel Figuren geknüpft werden, indem die Kordel von den Händen eines Spielers, einer Spielerin ab- und auf die eigenen Hände übernommen wird. Mit Katzen hat das Spiel nichts zu tun, mit einer Wiege ebenfalls nicht. Man darf Titeln nicht trauen, sagt der Titel.

entdeckt hatte und ihr Zutrauen in die Verbesserung der Welt durch technische Entwicklungen oder Formeln immer mehr ins Wanken geriet. „Eis Neun“ ist im Roman von Kurt Vonnegut ein spezielles Eis, gefroren aus einem Wasser, dessen Gefrierpunkt modifiziert wurde und nun bei neun Grad Celsius liegt. „Eis Neun“ kann einen großen Teil der Welt zum Einfrieren bringen, indem das veränderte Wasser sich ausbreitet und bei neun Grad friert. Alles, was möglich und denkbar ist, kann in einem Werk der Literatur auftreten, also auch die einfrierende Welt. In der sogenannten real existierenden Wirklichkeit kann alles Mögliche auftreten, wobei hier mit begrenzten Möglichkeiten zu rechnen ist.

In diesem Augenblick macht sich wiederum jener Gedanke bemerkbar, der bereits mehrmals die Richtung wechselnd durch diesen Text und auch durch den Kopf von Mimi La Whipp geschwirrt war, folgender Gedanke nämlich: „Die Maschine zur Verbesserung der Welt sind wir alle.“

Möglicherweise aber, und das war der Grund für den Besuch der Autorin im Bold Hearts Pub, möglicherweise sind durch den Richtungswechsel* Risse oder Lücken im Text entstanden. Die Autorin weiß, wer helfen könnte, und wendet sich deswegen an Mira, eine der drei Bewohnerinnen des Bold Hearts Pubs, die Meisterin der Näh- und Knüpfkunst. Könnte Mira die Risse, Lücken und die sich durch den Richtungs-

---

* Erinnernd an das Vorwort zu diesem Text sei auf die Bedeutung von Weichen erinnert und ja, an die Bedeutung von „die weichen stellen“ (auch hier kleingeschrieben, genau wie im Vorwort). Dieser Text verfügt nicht über Weichen, er läuft nicht auf Schienen. Er zieht aber an mehreren Strängen. Weiche Stellen allerdings sind dem Text vertraut. Es sind die Stellen des Ausweichens, Herzerweichens, Zurückweichens. Vielleicht ist der Text selbst eine Weiche, aber welchen Richtungswechsel könnte er möglich machen? Und für wen oder was? Oder ist der Text einfach eine weiche Stelle?

wechsel des Textes ergebenden Löchrigkeiten sorgsam vernähen, stopfen und flicken? Die Nahtstellen müssten dabei sichtbar bleiben als Stellen von Versuch und Irrtum, als Stellen, an denen der Widerstand des Materials und die Widersetzlichkeit des Textes sichtbar sind, als Erinnerung an Ermüdungen, Zerreißproben, an das Geräusch des Reißens und an den Riss selbst, der der Kunst des Zusammenfügens erst die Möglichkeit gibt, sich zu zeigen. Es ist also nichts weniger als ein Wunderwerk, das Mira vollbringen soll, mit Nadel und Faden, mit Herz und Hand, begleitet von den aufmerksamen Augen der Autorin und dem Gesang von Renate Singspiel. Ja, sagt Mira, wählt Nadel und Faden und macht sich an die Arbeit, kein Problem.

Danke Mira, sagen Autorin und Textpersonen, danke sagen aber auch die Leserinnen und Leser, die sich nun gleich in einem Intermezzo im Bold Hearts Pub einfinden werden, welches dabei ist, sich zu einer Zuflucht zu entwickeln. Vielleicht könnte dies an einem Ort stattfinden, der Sankt Immer* heißt, diesen gibt es nämlich sowohl in der real existierenden Wirklichkeit als auch in diesem Text. Der Autorin gefällt die Idee, dass in Sankt Immer das „Immer“ dominiert. Vielleicht könnte

* In Saint-Imier (Sankt Immer) kam es 1872 zur Gründung der Antiautoritären Internationale. Diese jährte sich 2012 zum 140. Mal. Aus diesem Anlass war dort im Jahr 2012 ein großer anarchistischer Kongress angesetzt (Vgl. Eva Demski, „Mein anarchistisches Album“, Insel Verlag 2022). Über den Kongress 2012 wird u. a. Folgendes berichtet: Die Gemeinde Saint-Imier ist sich ihrer anarchistischen Geschichte bewusst, was sicherlich auch an der unermüdlichen Arbeit des selbstverwalteten Kollektivs „Espace noir“ liegt. In der Stadt finden sich öffentliche Hinweise auf die anarchistischen Uhrmacher:innen, auf Espace noir und auf das Hôtel Central, wo sich vor 140 Jahren die Antiautoritäre Internationale Arbeiter:innenassoziation gründete. Sicher wären sowohl die Autorin Ilse Kilic, als auch einige der in diesem Text anwesenden Personen sowie auch einige Leser:innen gerne und mit Begeisterung dabei gewesen.

das „Immer“ oder das „Immer wieder“ das drohende „Nimmer“ oder das „Nie mehr“ überwinden, vielleicht, indem es als der „Sankt-Immerleinstag“ auftritt? Vermutlich nicht, auch wenn der Sankt Immerleinstag gerade erfunden wird.

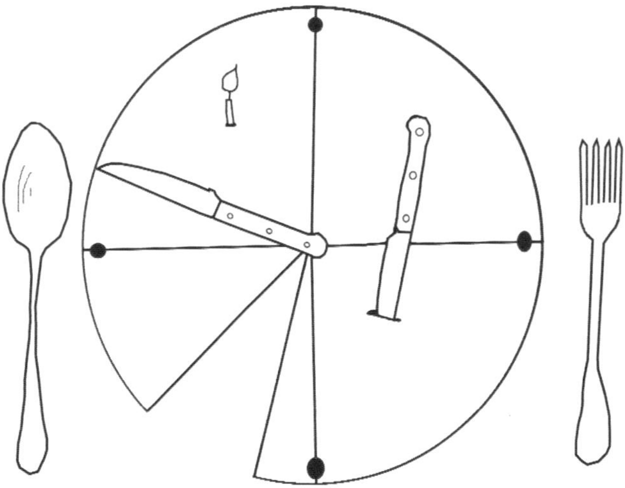

Hingegen könnte die Tatsache, dass es ein Sankt Immer gibt, darauf verweisen, dass es auch ein Sankt Nimmer* gibt, ein Sankt Nie Mehr also, wie eben die Existenz eines Obermallebarn auf die Existenz eines Untermallebarn und die Existenz der Ewigkeit auf die Existenz des Moments verweist. Es wird sich suchen und finden lassen, das Immer oder das Nimmer,

* Nimmerland, wie es vielleicht einigen Leser*innen als die Heimatinsel von Peter Pan bekannt ist, funktioniert anders. Nimmerland ist kein Sankt Nimmer, es macht aber einiges möglich. Peter Pan hat dort (und nur dort) die Möglichkeit, nicht erwachsen zu werden. In Nimmerland muss man an etwas glauben, damit es passiert. Es ist also eine Insel der Wunscherfüllung, nicht ohne Ambivalenz und unerwünschte Wirkungen. Unerwünschte Wirkungen sind ein Problem und finden oft zu wenig Beachtung. Es gibt aber das „immerhin“, auch das. Immerhin! Patti Smith widmet in ihrem „Buch der Tage“ (Kiepenheuer&Witsch 2022) den Eintrag vom 10. Mai dem Nimmerland.

in Raum und Zeit, in Raumzeit und in den Zeiträumen, die von Immer und Nimmer vermessen und zugeschnitten werden, Stichwort: Zeitmesser. Im Gedicht ist das Zeitmesser eine Uhr, das klingt dann so:

Tick Tack sagt das Messer,
wenn es freundlich ist.

Es kann aber auch anders:
Dann macht es fünf vor zwölf einen Schnitt,
quer durch den Alltag,
der nachgibt.

Der Alltag wird Butter auf dem Kopf unter der Sonne.
Das glaube ich nicht, sagt das Messer.

Jede Metapher braucht den Aha-Effekt,
Klickeffekt des Erkennens,
dieser wiederum nützt sie ab,
sie wird dünnhäutig und unverträglich.

Ich spuck drauf.

Intermezzo 4

Silver, Mira und Renate Singspiel betrachten das beängstigende „Nie Mehr“

„Meine Ohren kehren nie mehr zu mir zurück“. Das schrieb der Schriftsteller Fritz Widhalm in seinem Alterswerk, das sich als work in progress versteht und das Kapitel für Kapitel im Internet veröffentlicht wird, wo es von Renate Singspiel regelmäßig gelesen und manchmal auch kommentiert wird. Renate Singspiel verdankt dem Schriftsteller Fritz Widhalm den Start ihrer beruflichen Karriere als Textpersonal* und steht dessen Werk mit Neugier und Interesse gegenüber.

Im Satz „Meine Ohren kehren nie mehr zu mir zurück“ entdeckt Renate Singspiel eine beängstigende Verbindung von „Nie“ und „Mehr“, wobei das Beängstigende nicht am Wort „Mehr“ liegt, obwohl das Wort „Mehr“ auch alleinstehend nicht ohne Tücke auftritt, nämlich als das „Mehr“, das der kapitalistischen Organisation der Welt innewohnt**.

Das „Nie Mehr“ aber hat nichts mit dem alleinstehenden „Mehr“ oder gar dem „Mehrwert“ zu tun, sondern meint das „Nimmer“, mit allen dazugehörigen Assoziationen und Gedanken wie etwa jene an den Sankt Nimmerleinstag, den das vorige Kapitel sehnsüchtig in einen Sankt Immerleinstag verwandelt hat.

Renate Singspiel hat das betreffende Kapitel des Widhalmschen Alterswerkes Mira und Silver vorgelesen: Danach stellten Mira, Silver und Renate Singspiel fest, dass es auch in ihren Leben verschiedene „Nie Mehrs“ gab und wohl auch weiterhin geben wird. Was wird das nächste „Nie Mehr“ sein,

---

* Fritz Widhalm: „Warum starb der schöne Mann“, Ritter Verlag 2001.

** Renate Singspiel denkt allerdings lieber an den schaurigschönen Song „I need more“ von Iggy Pop, in dem Iggy Pop dieses, sein „Mehr“ umkreist und daran und an dessen Unmöglichkeit singend entlangsegelt.

dem ich begegne, fragt Mira unruhig, und: Wo bleibt der Trost? Silver entdeckt einen kleinen Trost in einer Binsenweisheit, die folgendermaßen lautet: Jedes „Nie Mehr“ bedeutet, dass es einmal ein „Zum ersten Mal“ gab. Mira legt spontan die Stirn in unwillige Falten. Kleine Tröstlichkeiten sind nichts anderes als kleine Tröstlichkeiten, nicht zu verwechseln mit kleinen Köstlichkeiten! Silver und Mira einigen sich dann darauf, das „Nie Mehr“ als ein Naturgesetz zu betrachten. Eine Erleichterung oder Beruhigung ist das aber nicht, da Naturgesetze bekannt dafür sind, sich zu verwirklichen, ohne nach Nutzen oder Schaden für irgendjemanden zu fragen. Renate Singspiel sucht einstweilen Trost in der Viele-Welten-Theorie, die der Physiker Hugh Everett* entworfen und theoretisch nachgewiesen hat. Die Theorie gefällt ihr schon seit längerer Zeit, nicht nur, aber auch wegen ihres tröstlichen Potentials. Sollte es nämlich unendlich viele Universen geben, wie diese Theorie besagt, so gäbe es kein „Nie mehr“, denn in irgendeiner der unendlichen vielen Welten fände alles immer und nimmer statt. Renate Singspiel weiß aber auch, dass es sie selbst ebenso wie Silver und Mira zwar möglicherweise in unendlich vielen Welten gäbe, dass sie sich selbst jedoch in jeweils nur einer einzigen Welt kennen würde, dass also für das individuelle Erleben das „Nie Mehr“ weiterhin eine bedeutende Rolle spielen müsste, dieses „Nie Wieder“ von etwas, das es gegeben hat, von etwas, das *da* war: eine Fähigkeit, eine Hoffnung, ein Mitmensch, eine Liebe. Eine Umarmung.

---

* Hugh Everett lebte von 1930 bis 1982. Mit Hilfe seiner Viele-Welten-Theorie, die übrigens in der Welt der Physik zunächst auf Widerspruch stieß, lässt sich auch das Geheimnis um Schrödingers Katze, die zugleich tot und lebendig ist, einigermaßen plausibel erklären: In manchen Welten lebt sie, in anderen nicht, in wieder anderen Welten gibt es gar keine Katzen. (Dank an Benjamin Rizy für die Diskussion zum Thema.) Der Sohn von Hugh Everett ist der Musiker Mark Oliver Everett, der Gründer der Band Eels.

Eine kleine Blume, bevor man vergessen hatte, sie zu gießen. Ein Wunsch. Ein Schneidezahn. Ein Eislaufplatz. Ein Fahrrad, das gestohlen wurde. Ein Foto, das unauffindbar ist und von dem man nicht mehr weiß, ob es je existiert hat.

In jedem einzelnen dieser unendlich vielen Universen würde das Vergehen der Zeit bedeuten, dass es immer weniger Dinge gäbe, die man zum ersten Mal machen konnte. Man konnte ja nur einmal zum ersten Mal ein Bier trinken, dann aber nie mehr. Nie mehr überrascht sein also vom bitteren, herben Biergeschmack. Nach dem ersten gestrickten Fäustling konnte man in diesem Universum nie mehr einen ersten Fäustling stricken, mit diesen verschwitzten und nervösen Händen, die den ersten Fäustling schon gestrickt hatten. Einmal und nie wieder konnte man zum ersten Mal eine Bühne betreten. Kein zweites Mal gäbe es das erste selbst geschriebene Gedicht, den ersten Rausch, den ersten Sex, den ersten Schultag, das erste aufgeschlagene Knie, den ersten Wespenstich. Man konnte sich mit anderen Universen gedanklich trösten, aber diese betreten und sich selbst dabei nochmal kennenlernen konnte man nicht.
Wie wichtig war es denn, etwas zum ersten Mal zu erleben?

Das erste Mal bleibt immer das erste Mal. Das zweite Mal ist nie ein erstes Mal, wobei auch dem zweiten Mal noch ein Zauber anhaftet, etwa: beim zweiten Rausch, beim zweiten Sex, beim zweiten Gedicht. Aber beim zehnten Mal wird die Sache schon ein bisschen Routine, es sei denn, es liegt genügend Zeit zwischen den Einzelerfahrungen. Bei einem elften publizierten Lyrikband bedürfte es beispielsweise dann guten Willen, ihn als ganz neue Erfahrung wahrzunehmen, immerhin könnte sich dort formal oder inhaltlich ein neuer Weg zum ersten Mal zeigen. Beim hundertelften Lyrikband sähe die Sache nochmal anders aus, hier würde die Menge im wahrsten Sinn des Wortes ins Gewicht fallen. Renate Singspiel hat noch keinen Lyrikband veröffentlicht, die Autorin Ilse Kilic indes schon deren mehrere, von der Zahl einhundertelf ist sie allerdings weit entfernt und wird diese mit großer Wahrscheinlichkeit auch nicht erreichen, es sei denn, in unendlich vielen Universen zusammengenommen oder im Traum und in der Phantasie, die sich gerne als unbegrenzt versteht, es aber vermutlich nicht ist.

Wann haben Silver, Mira und Renate Singspiel zum ersten Mal das Bold Hearts Pub betreten? Ich glaube, sagt Renate, das war, bevor ich wusste, dass meine Singstimme die Zeit für eine Weile zum Stillstand bringen kann. Das war, als wir nicht voneinander lassen konnten, sagt Mira. Das war, als ich Piratin war und Wirtin werden wollte, sagt Silver. Damals habe ich das Bold Hearts Pub ins Leben gerufen, um es unmittelbar darauf zu betreten. Meine damalige Idee: Alles, was vorstellbar ist, darf im Bold Hearts Pub vorgestellt werden. Oder sollte ich sagen: Alles, was vorstellbar ist, darf *als* Bold Hearts Pub vorgestellt werden? Silver lächelt etwas zweideutig, als wäre sie sich selbst nicht sicher, was sie da soeben gesagt hat. Renate Singspiel geht wenig überraschend davon aus, dass das Bold Hearts Pub in einigen der unendlich vielen Welten existiert,

wahrscheinlich sogar in vielen. Vielleicht ist das Bold Hearts Pub eine elastische Vorstellung, die sich überall verwirklicht, wo sie gebraucht wird?
Soll ich ein Lied davon singen, fragt Renate Singspiel, während sie darauf hofft, dass Schallwellen sich von Universum zu Universum verbreiten und dabei zwar immer kleiner werden, aber niemals ganz verschwinden.
Nein, sagt Silver, wir brauchen mehr als ein Lied. Wir brauchen eine Zuflucht. Ein Stück Mikrokosmos, das auf keiner Landkarte verzeichnet ist.
Mira klatscht in die Hände und überlegt, ob es möglich wäre, das Bold Hearts Pub an einer Melancholischen Wolke zu fixieren. Sie hat schon vieles zusammengenäht, Stoffreste, zerrissene Briefe und Fotos, Träume und Texte, vertrocknete Seerosenblätter, eingerissene Leinwände und bruchstückhafte Erinnerungen, ein Bold Hearts Pub und eine Wolke waren bisher noch nicht dabei. Was nicht ist, kann ja noch werden! Das gilt auch für die Zukunft selbst, die in den Sternen steht. Wieder denkt Mira beim Wort Zukunft an die Zugluft, die gerade heftig in und rund um das Bold Hearts Pub pfeift. Korrektur, piepsen die Kohlmeisen in Silvers Haar: Eine Zukunft wird es sicher geben, da die Zeit nicht stehenbleibt, zumindest nicht für Alles. Aber wem sie Zutritt gewährt, das steht in den Sternen.
Irgendwie wird es schon gut werden, sagt Renate Singspiel: Dafür gibt es ja unendlich viele Universen, damit irgendwo niedergeschrieben wird, dass es „irgendwie" schon gut werden wird. Es ist angenehm, zuversichtliche Worte von Renate Singspiel zu hören, aber das „Irgendwie" erinnert Mira und Silver ein bisschen an das „Nie Mehr", auch wenn das nicht ganz leicht nachvollziehbar ist, wenn man noch nie ein Bold Hearts Pub betreten, geschweige denn von dessen unerschöpflichem Biervorrat gekostet hat.

Kapitel 14
Große Fußnotenkaskade

Mimi La Whipp, deren rechte Handfläche an der Handfläche von Mein Spatz klebt, entwickelt im Lauf des Festklebens ein warmherziges Interesse an Mein Spatz, ein Interesse, das durch die seltsamen Umstände der Begegnung gefördert wird. Es gilt ja als bewiesen, dass außergewöhnliche Umstände beim Kennenlernen das Entstehen von Verbundenheiten zwischen den beteiligten Personen begünstigen. Insofern ist es nicht verwunderlich, dass auch Mein Spatz sich nun zu Mimi La Whipp hingezogen fühlt. Das süße Leben scheint beiden in greifbare Nähe gerückt, ein mitunter trügerischer Eindruck, der entsteht, wenn romantische Interessen andere Interessen überlagern. So hat sich bei Mein Spatz und Mimi La Whipp die Begeisterung für das Projekt einer allumfassenden Theorie zur Weltverbesserung verringert, weswegen das süße Leben nun eher als private Karotte*, vielleicht auch als private Marotte, und nicht als Allgemeingut auftritt.

---

* Das süße Leben tritt nicht nur als vor der Nase baumelnde Karotte, sondern gerne auch als Fata Morgana auf. In diesem Fall kann man es sehen, obwohl es nicht da ist. Das kann verwirrend sein. In die Welt kam das süße Leben vor langer Zeit durch ein Fabelwesen mit siebzehn hellsichtigen Augen. Dieses Wesen kannte das Geheimnis des süßen Lebens, jedoch gelangte das Geheimrezept dann in den Besitz einiger Konzerne, wurde patentrechtlich genützt und geschützt. Das süße Leben will allerdings kein Privatbesitz** sein.

** Privatbesitz ist immer gefährlich, sagt Mimi La Whipp unter beifälligem Nicken von Mein Spatz. Natürlich gibt es dabei kleine Ausnahmen, es ist zum Beispiel nicht sehr gefährlich, wenn jemand eine einzelne Karotte vor der Nase als Privatbesitz betrachtet, das süße Leben allerdings sollte für alle da sein. Eine Karotte vor der Nase ist nicht das süße Leben. Vielleicht wäre es möglich, das süße Leben anzulocken? Mein Spatz will es versuchen und Mimi La Whipp soll assistieren. Es wird nicht leicht, sagt Mimi La Whipp, und drückt die Hand von Mein Spatz, an der ihre eigene Hand noch immer festklebt. Mein Spatz sendet unterdes einen schnellen Dankesgruß an die Autorin und an den Text, der Begegnungen*** mit dem süßen Leben in Aussicht stellt.

*** Begegnungen in einem literarischen Text sind häufig mit Unklarheit und Unsicherheit verbunden. Wird das süße Leben sich zeigen? Der Text sagt „vielleicht“, will aber nichts versprechen. Auch die Autorin gibt sich geheimnisvoll und verrät nicht viel über ihre momentanen Interessen. Tritt sie als sie selbst oder als Pseudonym auf? Warum schreibt sie? Richten sich ihre Texte danach, was der Literaturbetrieb erwartet? Möchte sie berühmt**** werden?

**** Berühmtheit anzustreben ist weit verbreitet, doch ist dieses Streben oft nicht von Erfolg gekrönt. Es gibt aber innerhalb des Begriffes Berühmtheit viele Abstufungen. Somit ist es möglich, mit einer kleinen Berühmtheit zufrieden zu sein. Es kann aber nach dem Erlangen einer kleinen Berühmtheit verlockend sein, sich nicht zufriedenzugeben, sondern die kleine Berühmtheit als Teilerfolg auf dem Weg zur großen Berühmtheit zu werten. Als größte Berühmtheit gilt die Weltberühmtheit, sie wird oft deswegen angestrebt, weil Ruhm für unsterblich gehalten wird und sich seine Inhaber:innen daher Unsterblichkeit erhoffen. Die Unsterblichkeit***** aber gibt es weder in der sogenannten real existierenden noch in der fiktiven Wirklichkeit, weder für Autor:innen noch für ihr Textpersonal, auch wenn Letzteres quasi immer wieder zum Leben erwacht, wenn eine Leserin, ein Leser im betreffenden Buch liest.

***** Unsterblichkeit, ach, welch süßer Alptraum. So manches Werk der Literatur will uns indes lehren, dass die Unsterblichkeit nicht erstrebenswert sei. Dracula leidet an seinem ewigen Leben, die Struldbrugs im Buch Gullivers Reisen leiden an ihrer Unfähigkeit zu sterben und auch Dorian Gray wird nicht glücklich mit seiner ewigen Jugend. Vielleicht ist die Unsterblichkeit eine Anomalie, die dem Lebendigen fremd bleiben muss? Krebszellen nennen allerdings ein gefährliches Potential hinsichtlich Unsterblichkeit ihr eigen, sie können unbegrenzt wachsen, sich teilen und mit eigenen Blutgefäßen versorgen. Eine permanente Zelllinie wurde aus Krebszellen von Henrietta Lacks gezüchtet. Die Zellen wurden aus einem Cervixtumor der afroamerikanischen Patientin im Jahr 1951 ohne ihr Wissen entnommen. Die so gezüchteten HeLa-Zellen waren etwa für die Herstellung des Impfstoffes gegen Polio von Bedeutung und bildeten die Grundlage für tausende Patente. HeLa-Zellen wurden lange Zeit weltweit vermarktet, ohne dass die Nachkommen von Henrietta Lacks Bescheid wussten. Laut Wikipedia wurden bisher ca. 50 Millionen Tonnen HeLa-Zellen gezüchtet. Erst 1973 wurde mit den Nachkommen eine Vereinbarung über den Zugang zu dem DNA-Code der Zellen sowie über die Erwähnung von Henrietta Lacks in wissenschaftlichen Veröffentlichungen und bezüglich der Veröffentlichung weiterer genetischer Informationen getroffen. Gedenktafeln für Henrietta Lacks stehen mittlerweile in Maryland und in Virginia. Ein düsteres Kapitel, das als medizinische Erfolgsgeschichte****** auftritt.

****** Einige Fragen zur „medizinischen Erfolgsgeschichte“: Wer darf den Erfolg verbuchen? Sind es einzelne Zellen, denen nur eines wichtig ist, nämlich, sich zu teilen? Sind es die Zellen, die ihre Teilungen unter den verschiedensten Bedingungen auf verschiedene Art und Weise durchführen und sich dabei beobachten lassen? Oder ist es die Person, deren

Körper die Zellen entnommen wurden, die rechtmäßige Eigentümerin? Oder ist es jene Person, der es gelang, die Zellen zur anhaltenden Teilung zu animieren? Sind es die Handwerker:innen, die das Labor gezimmert, die Laborant:innen, die die Zellen betreut haben? Sind es die Reinigungskräfte des Labors? Ist es gar der Zufall? Es gibt wenige, vermutlich gar keine, medizinischen Erfolgsgeschichten, die auf einzelne Personen zurückgehen, auch wenn Anerkennung und Entlohnung für den Beitrag zum Erfolg nicht auf alle Beteiligten gleichermaßen verteilt werden. Manche Personen und ihre Anteile an Erfolgsgeschichten treten als Fußnoten******* zur Weltgeschichte auf.

******* Fußnoten zur Weltgeschichte sind nicht die Mülleimer der Weltgeschichte. Oder, anders gesagt: Die Mülleimer der Weltgeschichte sind gar keine Mülleimer! Genau genommen gibt es keinen Müll. Was wäre Müll? Als Müll wird das Übriggebliebene bezeichnet, das, was „abfällt" und das, was als nicht wiederverwertbar im Sinne einer Wertschöpfung gilt. Als das „Unbrauchbare"******** wäre Müll etwas, das man einfach nur loswerden möchte. Diese Definition ist so instabil, dass sie die Infragestellung der Existenz von Müll erlaubt.

******** Fragen nach Brauchbarkeit und Unbrauchbarkeit sind nicht einfach oder gar endgültig zu beantworten. Die Definition von Brauchbarkeit oder Unbrauchbarkeit verlangt ein Objekt, auf das sie sich beziehen kann. Brauchbar für wen? Unbrauchbar für was? Brauchbar wann? Und warum? Wer beurteilt den Benefit? Ist der Begriff Benefit eindeutig oder zwiespältig? Es gibt im Internet die Möglichkeit, sich den wahrscheinlichen Zeitpunkt des eigenen Todes berechnen zu lassen. Es ist klar, dass das Wissen über den wahrscheinlichen Zeitpunkt des eigenen Todes nicht unbedingt als Benefit im eigenen Leben auftritt, zumal wenn der Zeitpunkt in greifbarer Nähe liegt, was man aber erst erfährt, wenn die Berechnung durchgeführt wurde. Trotzdem ist es schwer, den Link nicht anzuklicken. Oder? Die Autorin Ilse Kilic hat ihn angeklickt. Das Ergebnis bleibt geheim. Und warum diese Kaskade aus Fußnoten?*********

********* Fußnoten haben die Funktion, etwas zu einem Schriftstück beizutragen, das innerhalb des Fließtexts keinen Platz findet. Auch als Kommentare zum Text oder einzelnen Textanteilen erfreuen sich Fußnoten großer Beliebtheit. Aber ein Kapitel aus Fußnoten, die zu Fußnoten führen, die wieder zu Fußnoten führen, die wieder zu Fußnoten führen, da capo al fine, was heißt das? Ist es ein Hinweis auf die Notwendigkeit der Kommentare als Begleitung von Texten, Absätzen, Sätzen und sogar einzelnen Wörtern? Ja, nein, vielleicht. Jedenfalls arrangiert sich rund um jedes Wort, jeden Satz ein mitgedachtes Bedeutungsfeld, dessen Gestalt und dessen Leuchtpunkte von jeder Person unterschiedlich********** wahrgenommen werden. Man könnte sagen, jede Leserin und jeder Leser fügt jedem Text beim Lesen gedanklich unterschiedliche Fußnoten hinzu.

********** Die Unterschiedlichkeit der Wahrnehmung ist einerseits der Geschichte der einzelnen Personen geschuldet, hat aber auch mit der momentanen Lebenssituation zu tun. Faktum ist, dass Personen, deren Handinnenflächen aneinander kleben, ihre Gemeinsamkeit anders erleben als solche, die etwa durch ökonomische Zwänge*********** aneinander gebunden sind. Aber auch Personen, deren Handflächen aneinander kleben, erleben ihr Nahverhältnis nicht auf die gleiche Art und Weise. Mimi La Whipp kann zwar der Nähe zu Mein Spatz einiges abgewinnen, hat aber dennoch begonnen zu fluchen. Mein Spatz versäumt gerade ein Vorstellungsgespräch über eine Beteiligung an einem weiteren Textprojekt.

*********** „Ökonomische Zwänge und zwischenmenschliche Beziehungen“ heißt ein Buch von Klaus Ottomeyer. Er beschreibt darin, wie stark die ökonomischen Situationen das zwischenmenschliche Leben bestimmen, die Erwartungen, Vorstellungen und Konflikte, ja, sogar die alltäglichen Verrichtungen und die Formen der gegenseitigen Hilfe und Zuwendung. Es gibt immer unterschiedliche sozioökonomische Bedingungen zwischen Gefährt:innen. Nicht immer wissen alle Beteiligten darüber Bescheid. Auch andere Bedingungen des Miteinanderlebens wie etwa der unterschiedliche Gesundheitszustand, allfällige Beeinträchtigungen desselben, besondere Bedürfnisse, Verpflichtungen oder Hintergründe, aber auch sprachliche Besonderheiten, die auf Zugehörigkeit zu unterschiedlichen Bevölkerungsgruppen verweisen, können das Miteinander beeinflussen. Suzie Traktor************ ist in einem Gedicht eines ihr bislang unbekannten Autors soeben auf ihre verstorbene Großmutter gestoßen. Könnte es also wirklich sein, dass verstorbene Personen, die keine Ruhe finden, in den Texten der Lebenden einen Platz suchen, auf dass sie von ihnen lernen? Wollen sie wiedererkannt werden? Stellen sie Fragen, auf die es keine Antworten gibt?

************ Suzie Traktor, die literarische Beraterin, ist keine Freundin von Fußnoten, von denen weder sie noch Leser und Leserinnen wissen, aus wessen Feder sie stammen. Allerdings könnte es sein, dass Suzie Traktor selbst der Versuchung nicht widerstehen konnte, zu dieser Fußnotenkaskade beizutragen.

Kapitel 15

Mimi La Whipp und Mein Spatz haben die Nase voll

O-Ton Mimi La Whipp: Es ist vielleicht nicht das allergrößte Unglück, für eine Weile an der durch Klebseria angenehm durchwärmten Hand von Mein Spatz zu kleben. Und damit auch an dieser Hand zu leben. Aber ist das die Liebesgeschichte, die in diesem Text vorkommen sollte? Wohl kaum! Eine Liebesgeschichte müsste schließlich mehr beinhalten als eine zusammengeklebte Gemeinschaft aus zwei Personen, die gerade nicht das allergrößte Unglück ist. Zu einer Liebesgeschichte sollte die Erfahrung gemeinsamen Glücks gehören, vielleicht auch leidenschaftliche Gefühle und die Überwindung von Problemen der individuellen romantischen Geschlechtsliebe wie zum Beispiel die Idealisierung des Liebesobjektes und die damit verbundenen Enttäuschungen. Enttäuschungen hielte ich persönlich zwar für entbehrlich, ich gehe aber davon aus, dass sie einen Auftritt der romantischen Liebe in einem Text häufig begleiten, um dessen Spannungspotential zu optimieren. Simples Glück, was immer das genau sein mag, jedenfalls Glück ohne Probleme ist für die Literatur wenig ergiebig.

Plötzlich zeigte sich in einer der Melancholischen Nebelwolken in aller Deutlichkeit Mimi La Whipps Mappe mit den Notizen und Skizzen zu ihrem Forschungsthema, die sie eigentlich an Mein Spatz übergeben wollte. Da die Melancholischen Wolken verlorene Dinge beherbergten, war somit klar, dass Mimi La Whipps Berechnungen und damit all ihre darauf verwendete Mühe für den Moment verloren waren. Immerhin aber wurden sie aufbewahrt und konnten vielleicht später Verwendung finden. Vielleicht würden sie auch in einer Bibliothek falscher Annahmen und Hoffnungen einen Platz finden und dort in guter Gesellschaft sein.

So hatte in diesem Text nun die Skepsis die Oberhand gewonnen, sodass eine Realisierung von Mimi La Whipps Ideen keinen Platz finden sollte. Mimi la Whipp stellte fest, dass die Autorin sich mit ihren Vorstellungen der Verbesserung der Welt nicht ernsthaft angefreundet hatte, obwohl ihr die Veränderung der Welt zum Guten hin am Herzen lag. „Mit welchen Ideen du dich anfreunden kannst, hängt davon ab, wo du lebst". Mimi La Whipp kannte diesen Satz gut, auch wenn sie nicht mehr sagen konnte, wo sie ihn zum ersten Mal gehört hatte. Es war zum Beispiel ein Unterschied, eine Idee in einer fiktiven oder der sogenannten real existierenden Wirklichkeit zu lieben. Letztere machte manche Idee weniger liebenswert und konnte über Widersprüchlichkeiten nur selten hinwegsehen. Generell war die sogenannte real existierende Wirklichkeit oft unverträglich und misstrauisch. Mimi La Whipp gab aber zu, dass sie selbst nicht frei von Zweifel und Vorbehalten gewesen war. Sie hätte sich Unterstützung gewünscht, in ihrer eigenen Unsicherheit, wobei Unsicherheit ja ihrer Forschungstätigkeit vermutlich durchaus zuträglich gewesen war. Mimi La Whipp konnte aber auch dem Gedanken der Autorin folgen, dass eine Maschine zur Veränderung der Welt aus „uns allen" bestehen müsste, wer immer mit „wir alle" gemeint und wie auch immer das Funktionieren oder Nichtfunktionieren denkbar und vorstellbar wäre. Die Bestandteile der Maschine waren also vorhanden. Natürlich gehörte zu diesen Bestandteilen auch eine Menge Sand, der sich in einem Getriebe breitmacht, um seinen Lauf zu stören, ja, es gehörte eine Menge Störung zur Veränderung der Welt, Störung nämlich, die eine Botschaft wäre, an eine Maschine, deren Bestandteile „wir alle" sind, wer auch immer mit „wir alle" gemeint ist.

O-Ton der Autorin: Ach und achja. Ich hatte Zutrauen und große Wünsche. Ohne all dies hätte ich dem Projekt sowieso keine Aufmerksamkeit geschenkt. Aber je mehr die Forschungen Gestalt annahmen, umso erdrückender erschien mir das Ziel. Es schien mir zu groß für eine Formel, zu groß für eine Maschine, zu groß für eine Person, zu groß für eine Personengruppe, zu groß für viele Personengruppen, zu groß sogar für alle Arten und Unarten, die uns ausmachen. Weltverbesserung musste sowieso Reparatur sein. Aber wie geht Reparatur, während das Leben ohne Unterbrechung weiterlebt? Können Risse und Brüche genäht, geklebt und repariert werden? Wie geht das „Gesamtkunstwerk Weltrettung"*? Ist es nur ein Irrtum, der sich selbst überschätzt, ein mächtiges Phantombild, das die Kunst des Lebens darstellt und dabei die ganze Welt meint? Gäbe es auch Rettungsvarianten wie etwa Auftritte von Superheld:innen? Für eine Superheld:innen-Performance gälte folgende Regel: Um sich nicht überflüssig zu machen, darf ein:e Superheld:in die Welt nie endgültig retten und muss immer wieder neue Problemlagen erlauben. Oder wäre es für Superheld:innen gar kein Problem, eine Weile nicht gebraucht zu werden?

Kin, die Spezialistin für Verwandtschaften aller Art und möglicherweise eine künstliche oder hybride Lebensform, betonte, dass ihre Schrift über die Verwandtschaft der Arten und Unarten Licht ins Dunkel bringen könnte. Der folgende kurze Einblick in Kins Gedankenwelt wurde von ihr selbst für diesen Text, der sich laut Untertitel als Versuchsunordnung versteht, zur Verfügung gestellt:
Verwandtschaft kann prinzipiell zwischen allem hergestellt werden, was ähnlich ist. Betrachten wir also die Schneeflocke, die der Staubflocke ähnlich ist, so lässt sich zwischen ihnen Verwandtschaft konstruieren, deswegen tragen sie auch beide

---

* Vgl. Interview mit Ditha Brickwell unter dem Titel „Gesamtkunstwerk Weltrettung", nachzulesen unter: https://literaturoutdoors.com (aufgerufen am 7. März 2023).

die Bezeichnung Flocke. Solcherart wird der Tannenbaum mit dem Baum der Erkenntnis verwandt, die Staubmaus mit der Wühlmaus und der Trübsinn mit dem Rübenacker, auch wenn diese Verwandtschaft etwas weit hergeholt wurde. Jede Unart wäre mit jeder Unart verwandt, zum Beispiel die Unverschämtheit mit der Verschämtheit oder die Hoffart mit der Hoffnung. Wir wären im Traum mit der Trauer verwandt. Der Traum hingegen ließe sich zur Armut wandeln und der Schlaf zum Flachs. Wenn aber die Unverschämtheit mit der Scham verwandt wäre, könnte die Scham sich mit dem Schampus verwandt machen und auf den Tisch hauen, der wiederum mit der Tischgemeinschaft verwandt wäre und nicht zögern würde, sich auch mit dem Tischtennis zu verschwistern.

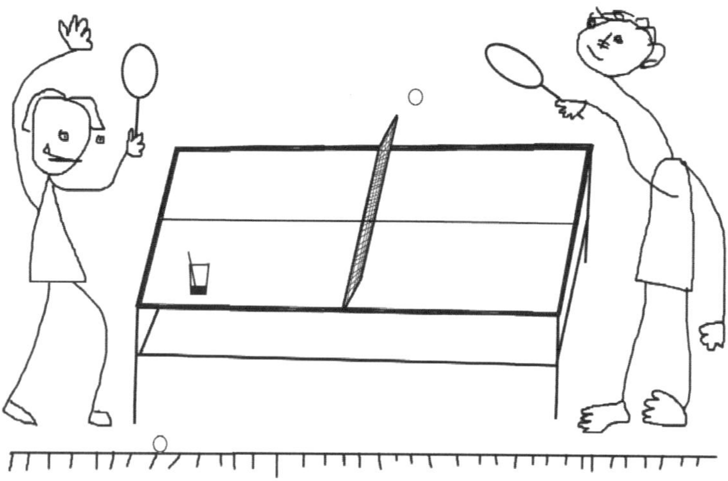

Die Verwandtschaft führte zur Verwandlung der Kostenrechnung in den KostNixladen. Kann sein.

Mein Spatz hatte ebenfalls die Nase voll. Das erklärte sich teilweise dadurch, dass der Stimmungsaustausch mit Mimi La Whipp durch die aneinandergeklebten Handflächen gut funktioniert hatte und sich Mimi La Whipps Befindlichkeit auf Mein

Spatz übertragen hatte, ebenso, wie Mimi La Whipp von Mein Spatz das Nach-Unten-Hängen der Mundwinkel übernommen hatte. Aber auch die bereits erwähnte Tatsache, dass Mein Spatz mittlerweile ein Vorstellungsgespäch zur Mitarbeit an einem weiteren literarischen Kunstwerk versäumt hatte, führte zu Missmut. Trotzdem wendete sich Mein Spatz fasziniert und mit neugierigem Interesse den hellgrauen Nebelschwaden zu, in denen sich die Umrisse des Essigkrugs, verschiedene Skizzen, Handtaschen, Tragebeutel und Schreibwerkzeuge zeigten. Vielleicht waren Melancholische Wolken ein guter Platz, um nicht endgültig verloren zu gehen, um aufbewahrt zu werden? Auch die Aufzeichnungen von Mein Spatz befanden sich mitsamt Aktentasche in einer Wolke. Mein Spatz hatte zwei Wünsche an diesen Text gehabt, erstens, die Bekanntschaft Mimi La Whipps zu machen, zweitens, etwas über die Theorie von Allem zu lernen. Ersteres hatte sich erfüllt, wenngleich etwas anders als erwartet. Zweiteres vielleicht ebenfalls, so genau war das nicht zu sagen. Inzwischen versuchte Mein Spatz, die Präsenz von Essigkrügen neu zu definieren. Auch wenn die Säure des Essigs sich nicht immer unangenehm bemerkbar machte, sollte ihr Auftreten mit dem Auftreten des süßen Lebens in Kombination gedacht werden, was im Moment noch utopisch schien.

Darf ein Text eine Weltformel oder eine Maschine zur Verbesserung der Welt erfinden, fragte Suzie Traktor, die literarische Beraterin. Sie gab sich selbst auf diese Frage eine der vielen Antworten, die ihr durch den Kopf schwirrten: Ein Text darf sich viele, vielleicht sogar alle Freiheiten nehmen, aber nicht alle Möglichkeiten stehen ihm offen. Eine Weltformel wird nicht erfunden, sondern gefunden, wenn es sie aber gäbe, würde sie die Chance von Text und Autorin begrenzen, sie zu erfinden. Die Phantasie der Menschen ist begrenzt durch das, was es schon gibt.

O-Ton der Autorin, die mit der Antwort von Suzie Traktor nicht ganz zufrieden ist und einen leisen Widerspruch formuliert: Auch etwas, das es gibt, kann manches Mal und immer wieder neu erfunden werden, womit sich allerdings der Unterschied zwischen finden und *er*finden verwischt. Im Prinzip kann der Text Teil einer noch nicht gefundenen oder erfundenen Weltformel werden, gemeinsam mit vielen anderen, vielleicht sogar mit *allen* Texten, von Literatur bis Gebrauchsanweisung, von Krankengeschichte bis Tagebuch, von Allgemeinem Bürgerlichen Gesetzbuch bis Vorstrafenregister einzelner Personen, von Grundbuch bis Verzeichnis der bedrohten Arten, von Steuererklärung bis Subventionszusage, nicht zu vergessen natürlich jener Text, der den genetischen Code der verschiedenen Lebewesen festschreibt, ein Text, der weniger gelesen als gelebt wird. Diese Weltformel wäre ziemlich umfangreich. Ob und wie eine solche Formel sich darstellen kann, bleibt ebenso dahingestellt wie die Frage, ob und wie aus all diesen Texten eine Maschine zur Veränderung der Welt zum Besseren hervorgehen könnte.

Inzwischen war die sogenannte real existierende Wirklichkeit über den Text hereingebrochen und zwar folgendermaßen:

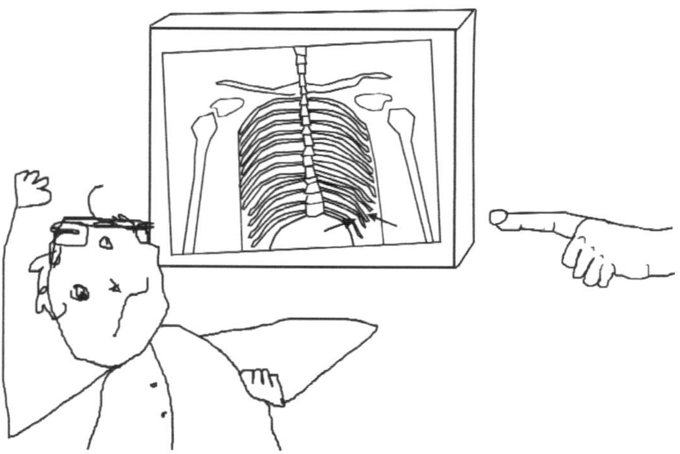

Die Autorin Ilse Kilic war gestürzt und hatte sich ein oder zwei Rippen geprellt oder, wie es der Röntgenarzt formulierte, vielleicht ein bisschen angeknackst, was nicht weiter schlimm wäre, und, ob angeknackst oder nur geprellt, keiner weiteren Behandlung bedürfte. Allerdings bedeutete es, dass das Sitzen am Schreibtisch schmerzhaft war und die Autorin daher Mimi La Whipp und Mein Spatz mit ihren aneinander klebenden Händen weiterhin sich selbst überließ, es sich auf der Couch bequem machte und damit begann, Socken zu stricken und die Schallplattensammung von A bis Z durchzuhören. Mimi La Whipp und Mein Spatz klebten also noch immer, rechte Hand an rechter Hand, oh weh, Klebseria hin, Klebseria her, sie konnten nur voneinander loskommen, wenn die Autorin das Loskommen niederschrieb, so ist das in einem Text - was nicht niedergeschrieben wird, ist gewissermaßen gar nicht passiert, nicht existent, spielt keine Rolle.

Und, ja, Mimi La Whipp und Mein Spatz hatten die Nase voll* und, ja, sie waren beide mit der Entwicklung des Textes unzu-

---

* „Der Text ist dir nichts schuldig", sagt die Autorin und zitiert damit das Leben, das auch niemandem etwas schuldig ist. Die Aussage „Das Leben ist dir nichts schuldig" findet sich etwa im Film „Six Feet Under", wo Ruth O'Connor Fisher ihre Tochter Claire damit eher belehrt als tröstet. Der Satz beinhaltet ja keinen wirklichen Trost. Es ist ein Satz, den alle enttäuschten Menschen zu allen enttäuschten Menschen sagen könnten, also im Prinzip ein Satz von „Allen für Alle". Der Satz lässt sich in Richtung Bedrohlichkeit des Lebens weiterdenken und klingt dann so: „Das Leben ist dir nichts schuldig und es bleibt dir auch nichts schuldig." So wird darauf hingewiesen, dass es – jedenfalls zur Zeit – keinerlei Anspruch auf Glück und Sorglosigkeit gibt. Klar, an wen sollte sich dieser Anspruch auch richten! Wo könnte man einfordern, was allgemein erstrebt wird? Gar nicht? Im Falle des Textes ist klar: Die Autorin muss für alle Ereignisse gerade stehen. Im Vertrag, den sie mit einigen ihrer Personen abgeschlossen hat, ist nur festgehalten, dass diese keiner ernsthaften Gefährdung an Leib und Leben ausgesetzt werden dürfen.

frieden und auch die hereinbrechende Wirklichkeit, die dazu geführt hatte, dass sie von der Autorin vernachlässigt wurden, stieß auf Unverständnis und auf Unwillen. Obwohl die beiden sich nahe gekommen waren und durchaus Gefallen aneinander fanden, wollten sie ihre Hände wieder frei bewegen, unter anderem auch deswegen, damit sie sich zwanglos an den Händen fassen konnten, etwa bei einem gemeinsamen Spaziergang, also rechte Hand in linker Hand oder auch umgekehrt, ganz wie es ihnen beliebte. Mein Spatz bedauerte außerdem das versäumte Vorstellungsgespräch und Mimi La Whipp fluchte immer heftiger angesichts der Tatsache, dass die Autorin sich nun krank gemeldet hatte und dabei an die Situation ihres Textpersonals scheinbar nicht viele Gedanken verschwendete. Andererseits bemerkten Mimi La Whipp und Mein Spatz ein allmähliches Nachlassen des Klebeeffektes. Mussten sie nun wirklich weiterhin auf die Autorin warten, um freigeschrieben zu werden? Genügte es nicht, dass sie diese Entdeckung dem Text anvertrauten und ihm einschrieben? War die Autorin vielleicht klammheimlich irgendwo am Werk, etwa von der Couch aus, mit einem Laptop auf dem Schoß? Kritzelte sie in einem Notizbuch rum? Genügte gar die geringe Aktionsenergie ihrer Gedanken, in denen sie sich hoffentlich diesem Text weiterhin widmete, um einen Fortgang der Handlung in die Wege zu leiten?

Wie auch immer, im Wartezimmer der Ambulanz, in welchem sich Mimi La Whipp und Mein Spatz aufhielten, saßen nur noch wenige Personen. Da medizinisch sowieso nichts angeboten wurde, hatten viele der Ambulanzbesucher:innen gar nicht gewartet, bis sie aufgerufen worden wären. Auch Mimi La Whipp und Mein Spatz würden die Ambulanz wohl bald verlassen, entweder, wenn sich der Eindruck eines nachlassenden Klebeeffektes bewahrheitete, Hand in Hand, oder, im Falle weiter andauernder Verklebung, heftig fluchend und bereit, den weiteren Verlauf ihres Schicksals mit der Autorin selbst zu verhandeln.

Suzie Traktor, die literarische Beraterin, gab der Autorin angesichts der wachsenden Unzufriedenheit den Rat, diesen Text zu einem Ende zu bringen, bevor er noch weiteren Ärger hervorrufen würde. Das unwillige Gemurmel im Texthintergrund war ihrer Meinung nach schon unüberhörbar geworden und viele Textpersonen waren von der um sich greifenden Unzufriedenheit erfasst, selbst im Bold Hearts Pub waren kritische Stimmen laut geworden, ganz zu schweigen von jenen Akteur:innen, die in diesem Text als Hintergrundpersonal arbeiteten, ohne selbst aufzutreten oder überhaupt genannt zu werden, zuständig etwa für Bühnenbild, Wetterprognose, meteorologische Betrachtungen, Beleuchtung oder Zitate.

Und was meinen Text und Autorin?
Sie bieten allen an diesem Text Beteiligten an, zu dokumentieren, was ihrer Meinung nach unzureichend berücksichtigt, verfälschend berichtet oder verheimlicht wurde, beziehungsweise welche Wünsche und Erwartungen nicht erfüllt oder nicht wahrgenommen wurden. Auf diesem Umweg, so die Autorin, soll dies doch noch Teil des Textes werden.

Kapitel 16

Was alles in diesem Text bisher nicht berücksichtigt wurde
(Liste des Bedauerns)

Mimi La Whipp bedauert, dass einige ihrer erfolgreichen Forschungsarbeiten keine Erwähnung fanden. Sie möchte nicht als erfolglose Privatgelehrte im Gedächtnis der Leser:innen bleiben und verweist mit Nachdruck auf die Konstruktion des Teilchenverlangsamers sowie die Entwürfe einer lebhaften* und leibhaftigen Knurrmaschine und eines DreiWünscheGenerators. Überdies empfiehlt Mimi La Whipp ihren utopischen Film über das süße Leben als immerwährende Karotte**. In diesem Film tritt eine Thrillerpfeife auf, deren Ton Tote aufwecken kann. Eine solche Thrillerpfeife ist in der sogenannten real existierenden Wirklichkeit unbekannt. Mimi La Whipp hat sich auch literarisch betätigt und zitiert nun ein Gedicht, das sie unter dem Pseudonym Fritz Widhalm veröffentlicht hat. Es gehört zu den Texten, die Fritz Widhalm mit Mimis Einverständnis später in sein eigenes Werk implementiert hat.

Hier das Gedicht:

Das Schöne am Winter

Das Schöne
am Winter ist,
dass auch die,
die nicht lügen,
rote Nasen haben.

---

* Zur Unterscheidung und Unterscheidbarkeit von Lebhaftigkeit und Lebendigkeit vgl. Jane Bennett: „Lebhafte Materie. Eine politische Ökologie der Dinge“, Matthes & Seitz Berlin 2020.

** Vgl. https://vimeo.com/682593693. Einleitende Worte: Ilse Kilic.

Mimi La Whipp hat noch einige andere Gedichte unter Pseudonymen veröffentlicht, einige ihrer Pseudonyme sind die Namen real existierender Schriftsteller:innen. Es befinden sich also Gedichte von Mimi La Whipp im Umlauf, ohne dass sie als Autorin aufscheint. Jede Leserin und jeder Leser könnte einem Gedicht von Mimi La Whipp begegnen, ohne es zu bemerken.

Mein Spatz hadert mit der Darstellung der Herkunft aus dem Essigkrug, die die Darstellung der Person Mein Spatz in diesem Text überschattet. Mein Spatz kritisiert, dass sich diese saure Geschichte wie eine Folie über Leben und Werk legt, sodass es immer schwieriger wird, sich Mein Spatz als eine Person vorzustellen, die das Leben auch von der süßen Seite kennt. Deswegen legt Mein Spatz besonderen Wert darauf, dass auch die folgende Detailinformation in diesem Buch Platz findet: Mein Spatz war maßgeblich beteiligt an der Nachzüchtung des erstmals auf dem Planeten Yksbadral entdeckten Fünffingerkrauts. Dieses Kraut wurde dadurch bekannt, dass es regelrechte Schreibzwänge auslösen konnte. In diesem Zusammenhang wurde das Kraut als Zuchtpflanze etabliert und fand therapeutische Verwendung zur Behandlung von Schreibhemmungen bei Schriftsteller:innen, wurde aber auch dazu genützt, Personen mittels Schreibzwang von anderen, schädlicheren Tätigkeiten abzubringen. Wer schreibt, macht weniger Unsinn, lautete das Credo einer Bewegung, die mehr Menschen für die Schrift, insbesonders die Handschrift begeistern wollte und der Mein Spatz als Ehrenmitglied angehört.

Mira, Silver und Renate Singspiel kritisieren, dass sie vor allem in Zwischenspielen des eigentlichen Textes, den sogenannten Intermezzi auftreten, dass der Text ihnen also nicht die gleiche Wichtigkeit zugesteht wie etwa Mimi La Whipp und Mein

Spatz. In der Wirklichkeit des Textes haben sie jedoch massiv in das Textgeschehen eingegriffen, so hat Mira durch ihre Nähkunst so manchen Riss in Text und Handlungsablauf vernäht. Das Festkleben der Melancholischen Wolken kann ebenfalls als Gestaltungseingriff verstanden werden, wurde jedoch von der Autorin bisher kaum erwähnt, vielleicht deswegen, weil es rechtliche Konsequenzen nach sich ziehen könnte, vor denen sie die Bewohnerinnen des Bold Hearts Pubs schützen will, ja, möglicherweise würde das Festkleben von Wolken als unerlaubter Eingriff in den Luftraum oder als gefährliche Beinflussung der Großwetterlage gelten. Renate Singspiel und Silver haben begonnen, Details über eine mögliche verbesserte Version der Welt zu verschriftlichen. Es entsteht also gerade eine jener unendlichen Listen, die vermutlich für immer Spekulation bleiben müssen. Dennoch hätten die beiden diese im Entstehen befindliche Liste gerne als Teil dieses Textes gesehen. Auch ein Tondokument von Renate Singspiels Gesang könnte den Text ergänzen beziehungsweise die Lesezeit musikalisch begleiten, Nebenwirkungen inbegriffen.

Kin äußert ebenfalls kritisches Bedauern. Sie hätte gerne viel ausführlicher über eine mögliche Neudefinition von Verwandtschaft und über ihre Vorstellungen von Sich-Verwandtmachen diskutiert. Könnte man zum Beispiel eine Verwandtschaft zwischen jenen Lebewesen herstellen, die gerne schwimmen, gereimte oder ungereimte Gedichte schreiben, lange Zöpfe tragen oder sich allabendlich von Melancholischen Wolken beregnen lassen? Lässt sich Verwandtschaft herstellen, wenn Lebewesen die gleichen Erfahrungen ihr eigen nennen? Oder wird man verwandt mit einem Baum, wenn man seine Früchte verzehrt oder lange genug in seinem Schatten verweilt? Kann ein:e Leser:in mit einer Textperson verwandt werden? Kin bedauert außerdem, dass es keine Gelegenheit gab, ihre eigene Entstehungsgeschichte, also das „Making Kin“* zum Besten zu geben. Kin gibt an, diese sei nicht nur aus persönlichen Gründen interessant, sondern auch deswegen, weil die Entstehung hybrider Lebensformen noch immer ein außergewöhnliches Ereignis darstellt und diese Lebensformen oft mit Ablehnung und Misstrauen zu kämpfen haben. In diesem Zusammenhang besteht Kin nun auf ein Zugeständnis seitens der Autorin, sie fordert eine zusätzliche Möglichkeit, das Wort zu ergreifen.

Suzie Traktor, die alle diese Beschwerden protokolliert hat, empfiehlt, Kins Forderung nachzukommen und sie in einem eigenen Intermezzo auftreten zu lassen.
Auf eigene kritische Anmerkungen verzichtet Suzie Traktor, sie weist aber darauf hin, dass eine äußerst wirksame Gruppe von Akteur:innen weder im Text das Wort ergreift, noch sich hier, in diesem Beschwerdekapitel zu Wort meldet. Es handelt sich dabei um die Gruppe der Klebseriabakterien. Sie haben aber möglicherweise keine besonderen Wünsche und ziehen es vor, in aller Stille ihre Wirkmacht zu inszenieren.

---

* Der Begriff „Making Kin“, bekannt auch aus dem Buch „Staying wirth the Trouble“ (dtsch. „Unruhig bleiben“) von Donna Haraway, lässt sich hier zwar auf die individuelle Entstehungs- und Anfertigungsgeschichte der hybriden Textperson Kin beziehen, meint aber generell die Entstehung von Verwandtschaften. Kin wurde nämlich nach ihrer Leidenschaft, dem Verwandtmachen benannt. Zum Thema Making Kin sei das Gespräch mit der Künstlerin Anne Duk Hee Jordan anlässlich der Ausstellung 2020 im Kunsthaus Hamburg herzlich empfohlen: https://kunsthaushambu rg.de/meet-the-artist-anne-duk-hee-jordan-ueber-ihre-arbeiten-fuer-die-ausstellung-making-kin/# (aufgerufen zuletzt am 14. April 2023).

Intermezzo 5

Kin skizziert (An)Verwandlungen als Zerrbilder der Wirklichkeit

Die Idee, dass aus einem Etwas ein anderes Etwas werde, findet sich in Träumen, Redewendungen sowie in alten und neuen Erzählungen. Auch die sogenannte real existierende Wirklichkeit bietet Beispiele gelungener und versuchter Verwandlungen. Die Wirklichkeit und die Konstruktion von Leben erscheint dabei fließend und instabil. Zugleich bietet die Verwandlung neue Möglichkeiten, Erweiterungen und Einschränkungen. Manchmal bringen Verwandlungen neue Verwandtschaften hervor. Der Hinweis auf Menschen, die sich teilweise in Fahrräder verwandeln, während die Fahrräder tendenziell zu Menschen werden, verdankt sich der Lektüre des Buches „Der dritte Polizist“ von Flann O'Brien. Diese Verwandlung vollzieht sich durch den Austausch von Atomen infolge der Reibung der Pöpsche am Fahrradsattel.

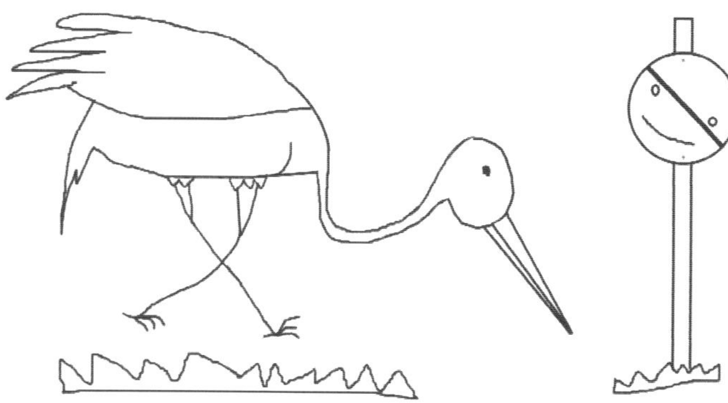

Ein anderes Motiv, nämlich der Wunsch nach Erweiterung seines Horizontes liegt der Verwandlung von Kalif Chasid* in einen Storch zugrunde. Das in der Verwandlungszeit bestehende Lachverbot deutet an, dass die Sache einen Haken

* Vgl. „Kalif Storch“, Märchen von Wilhelm Hauff.

hat. Vorsicht ist immer geboten, wenn das Lachen ohne nachvollziehbaren Grund verboten wird. Eine umgekehrte Verwandlung findet nicht statt, der Storch wird kein Kalif und strebt in diesem Märchen auch keine Kalifwerdung an. Es wäre aber denkbar, das Märchen selbst zu verwandeln und die Möglichkeiten des Storches dabei neu zu definieren. Können Texte zu Wirklichkeiten werden, Wirklichkeiten zu Texten? Können geschriebene Worte zur Verwandtschaft einer Wirklichkeit werden, die sie sich einverleiben? Oder ist es die Wirklichkeit, die die Texte hervorbringt? Die Geschichte des Werwolfes hat den Wenwolf* hervorgebracht. Beide Wölfe besiedeln die menschliche Vorstellungskraft, was ihnen einen gewissen Einfluss in der real existierenden Wirklichkeit sichert, die sie jedoch nicht betreten können.

Ein Haarwesen, das mit dem Werwolf verwandt sein könnte, hat die Autorin Ilse Kilic in ihrem Buch „Das Wort als schöne Kunst betrachtet"** beschrieben. Ob tatsächlich eine Verwandtschaft besteht, bleibt in diesem Werk allerdings offen. Immerhin hält der Text aber durchaus Verwandlungspotentiale für seine Figuren bereit. Auch der Name, den das haarige Wesen dort trägt, nämlich „Mondscheinlein" könnte auf nächtliche und somit für Wer- und Wenwölfe typische Aktivitäten hinweisen. Die Geschichte der Haarmenschen und anderer Fabelwesen ist generell reich an Material über Verwandtschaft zwischen Angst- und Wunschtraum.

---

* Vergleiche das Gedicht „Der Werwolf" von Christian Morgenstern, in dem, der Wahrscheinlichkeit zum Trotz, Werwolf, Weswolf, Wemwolf und Wenwolf keinen gemeinsamen Plural kennen.

** Erschienen 2008 im Ritter Verlag. Auch in Kapitel 6 des vorliegenden Werkes könnte es sich um einen Auftritt dieser Person handeln, nämlich als Monika Mondschein. Allerdings wäre es ein Auftritt in unbehaartem Zustand, der übrigens auch hinsichtlich der Identität von Renate Singspiel für Verwirrung sorgen könnte.

Wäre eine Maschine zur Verbesserung der Welt eine Verwandlungsmaschine, die eine Verhandlungsmaschine beherbergt?
Der wunderbare Song „I am a Jaguar"*, der es verdient, in diesem Zusammenhang erwähnt zu werden, ist nicht der einzige Song, in dem Menschen zu anderen Tieren werden. Es ist unklar, ob es sich um Visionen, Träume oder rauschhafte Selbsterkundungen handelt, ob die Tierwesen dabei Leidenschaften oder Naturererleben vertreten oder ob es darum geht, fremde Erfahrungen in die eigene Erfahrungswelt einzubauen. Die Verwandlungen betreffen dabei sowohl real existierende als auch fiktive Wesen wie etwa fliegende Würmer.

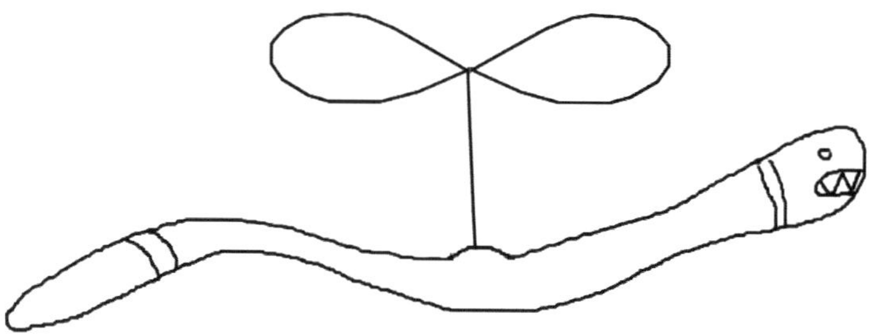

Fragen nach Verwandtschaft stellen sich auch beim Hören einer CD mit Gesängen kanadischer Schlittenhunde**. Es bleibt unklar, welche Sehnsüchte der Gesang beinhaltet, wohin also die Verwandtschaft der Wünsche, der Wunschmaschinen und die Verwandtschaft der Töne und der damit verbundenen Wahrnehmungen führen könnte.

* Der Song stammt von Carla Bozulich.

** „Animal Music/Tiermusik": Team of Jeremy Roht, West Dawson, Yukon-Territory, aufgenommen von Oswald Wiener und Helmut Schoener, supposé 2001. „Erkenntnisstiftender Hörgenuss: eine der schönsten A-capella-CDs des Jahrzehnts", schrieb der Standard dazumals über die CD.

Kapitel 17

Die Autorin präsentiert dreizehn* erdichtete Schlussvariationen**

17.1.) Utopia Phantastica (Langversion)

Der Text switcht in eine ferne Zukunft. Schwupp und Ruck und Guck! Und wie sieht es in der Zukunft aus? Ein bisschen ähnlich wie in der Gegenwart, aber: In der Zukunftsphantasterei, in die der Text switcht, gibt es niemanden, der oder die zu kurz kommt. Theoretisch. Alles wird verteilt, ohne dass jemand übervorteilt wird. Die Absicht, jemand anderen zu übervorteilen, ist so gut wie unbekannt, auch das Wort übervorteilen ist fast aus dem Wortschatz verschwunden. Allerdings kommen praktisch trotzdem immer wieder einige zu kurz, manchmal sogar alle, wobei niemand so genau weiß, warum, vielleicht liegt es daran, dass alle Lebewesen den Naturgesetzen ausgesetzt sind, also zufällig stolpern, stürzen und fallen können. Auch Zellteilung und elektrische Reizübertragung sind nicht völlig kontrollierbar. Der Unterschied ist, dass allen, denen ein Unglück

---

* Dreizehn ist eine fröhliche Zahl. Die fröhlichen Zahlen sind natürliche Zahlen, die durch bestimmte Rechenvorschriften 1 ergeben. In diesem Fall werden die Ziffern quadriert und addiert. Rechenbeispiel: $13 \rightarrow 1^2 + 3^2 = 10 \rightarrow 1^2 + 0^2 = 1$. Die Bezeichnungen Fröhliche, Glückliche, Narzisstische oder Traurige Zahl dokumentieren den Hang menschlicher Wesen, Eigenschaften des Lebendigen auf Nicht-Lebendiges zu projizieren oder zu übertragen. Die Zahlen tragen die Zuschreibungen mit Gleichmut.

** Welche dieser Varianten welcher Leserin, welchem Leser oder welcher Textfigur am besten gefällt, hängt unter anderem davon ab, was für Erwartungen vorab an den Text gestellt wurden, wie alt die betroffene Person ist, welchen Beruf sie ausübt, ob sie eine Krankenversicherung ihr eigen nennt, ob sie Winde und Wolken liebt, welche Sprache sie spricht, auf welchem Erdteil sie lebt und ob sie ein Zimmer für sich allein beanspruchen kann.

widerfährt, jede verfügbare Hilfestellung angeboten wird*. Das Unglück wird behutsam in Gewahrsam genommen, kritisch beleuchtet, mitunter auch besänftigt und aufgefangen. Immer gelingt das natürlich nicht. Generell ist die Zukunft sehr schnelllebig und wechselhaft. Immer wieder dreht sich der Wind und kehrt das Oberste zuunterst und das Unterste zuobererst. Die phantastisch utopische Zukunft ist windig, ja sogar stürmisch. Dadurch wird die ganze Welt ins Schwanken gebracht, die Zusammensetzung der Verhältnisse ist fragil, auch wenn die Verhältnisse stets versuchen, der Schwerkraft zu trotzen. Die Schwerkraft der Verhältnisse** kann schmerzhaft sein, auch deswegen lohnt sich der Trotz und das Trotzdem. Das behauptet die Zukunft, als wüsste sie Bescheid. Die Zukunft ist kein Lebewesen, aber sie ist mächtig.

Das Gras der Zukunft ist grün. Ein sehr grünes Grün. Vermutlich liegt das an den Melancholischen Wolken, die mittlerweile weltweit kräftig regnen. Die Anzahl Melancholischer Wolken hat sich, während der Text in die Zukunft gesaust ist, vervielfacht, was vielleicht an der Zunahme der verlorenen Objekte liegt, die nach Melancholischen Wolken verlangen, vielleicht liegt es aber auch daran, dass in einer der Wolken das Bold Hearts Pub festgenäht ist und sich mit Wolkenvermehrung befasst. Das Bakterium Klebseria hat sich ebenfalls quer über den Erdball verbreitet und besiedelt jetzt verschiedenste Lebewesen, allerdings ist der Klebeeffekt weitgehend verlorengegangen, nur in Ausnahmefällen kleben infizierte Körperober-

---

* Vgl. die Worte des Schriftstellers Nikolaus Scheibner: „Es ist von Bedeutung, dass jemandem, der zu Boden stürzt, aufgeholfen wird. Stürze lassen sich auch bei größter Achtsamkeit nicht völlig vermeiden.“ Die Autorin kann sich dieser Aussage vollinhaltlich anschließen, insbesondere nach ihrem Sturz in Kapitel 15.

** Vgl. Marianne Fritz: „Die Schwerkraft der Verhältnisse“, S. Fischer Verlag 1978.

flächen für wenige Stunden aneinander. Das Bakterium setzt jetzt auf kooperatives bis symbiotisches Miteinander. Horizontaler Gentransfer wird durch Klebseria begünstigt, was bedeutet, dass nach und nach einige Lebewesen menschliche und nichtmenschliche Verwandtschaften produziert haben beziehungsweise eingegangen sind.

Die menschliche Lebenserwartung wird von verschiedenen Algorithmen optimiert und beträgt zwischen 88 und 99 Jahren. Durch die Entwicklung einer Verwandtschaft mit anderen Lebewesen kann sie verlängert, aber auch verkürzt werden. Wenn nämlich eine kurzlebige Lebensform Gene eines langlebigen Organismus aufnimmt, kann sie daraus hinsichtlich Lebenserwartung profitieren, während der anderen, vorher langlebigeren Lebensform ein nachteiliger Einfluss droht. Nicht immer setzen sich aber alle genetischen Möglichkeiten durch. Im Sinne der allgemeinen Gerechtigkeit wird angestrebt, dass die individuellen Lebensalter innerhalb ähnlicher Spezies nicht allzu weit voneinander abweichen.
Der Planet ist nach wie vor mehrheitlich von wirbellosen Tieren, Pilzen und Pflanzen bewohnt, die verschiedene Vorstellungen über ein gedeihliches Zusammenleben hegen und sich gelegentlich in die Quere kommen.

17.2.) Utopia Fantastica (Kurzversion)

Es ist alles anders und es könnte alles ganz anders werden.

17.3.) Utopia Dystopia

Über allen Wipfeln ziehen weiße Wolken,
sonst aber ist Ruh,
kein Mäh und kein Muh,
kein Kicks und kein Hicks,
es bleiben Wipfel, sonst nix.

17.4.) Dystopia Gravis

Ein gutes Ende gab es noch nicht, doch das schlechte Ende dauerte an. Silver hatte das Bakterium Klebseria modifiziert und dabei auch unbeabsichtigte und unerwünschte Veränderungen produziert, die sich als gefährlich erwiesen. Anfangs auf weiche Handflächen spezialisiert, trat Klebseria nun als Universalkleber auf und begann, die ganze Welt zu verkleben. So klebte bald fast alles an fast allem fest. Der Himmel klebte an der Erde, das Wasser am Land, die Vögel an den Bäumen, die Autoreifen an der Straße, die Spiegeleier in der Pfanne, Insekten klebten an den Blättern von Pflanzen, während sie diese verzehrten. Sogar die Worte blieben aneinander kleben. So wurde Alles von Allem untrennbar. Noch gab es Lücken in der Klebrigkeit, sodass das Leben weiterbestand und die Luft nicht in den Lungen atmender Organismen klebte, sondern weiterhin aus- und eingeatmet werden konnte, immerhin. Eine solche Lücke bestand auch hinsichtlich des Stoffwechsels, als würde Klebseria in gewisser Weise Rücksicht auf das Leben und die Lebenden nehmen. Schließlich gehörte Klebseria ja selbst zu den Lebenden, auf jene besondere Art und Weise, die den Bakterien zu eigen ist.

Wie auch immer: Manipulation von Bakterien war und ist ein strafbares Delikt. Silver wusste das, bisher wussten aber nur sie selbst und die Autorin Bescheid über das, was sie getan hatte. Vielleicht würde alles ein gutes Ende nehmen? Silver gab zu, dass sie nicht sehr optimistisch war, zog aber weitere Manipulationen ebenso in Erwägung wie Eingrenzungen der Verbreitung von Klebseria durch andere modifizierte Kleinstlebewesen, mit einem Wort, sie zog weitere strafbare Handlungen in Betracht, um die unerwünschten Wirkungen ihrer ersten strafbaren Handlung zu minimieren. Vielleicht ließe sich aus all diesen Ingredienzien jene Kriminalgeschichte konstruieren, die sich die literarische Beraterin Suzie Traktor gewünscht hätte?
Wie gesagt: Open End.

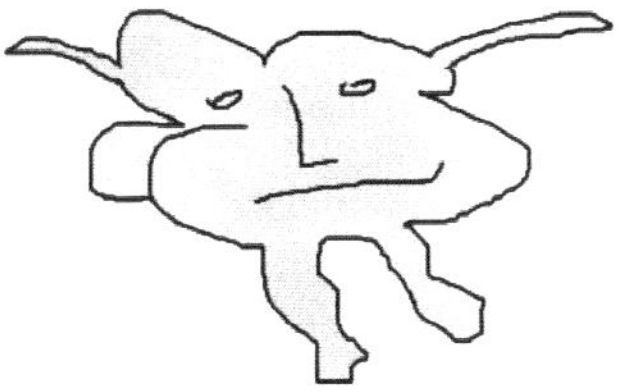

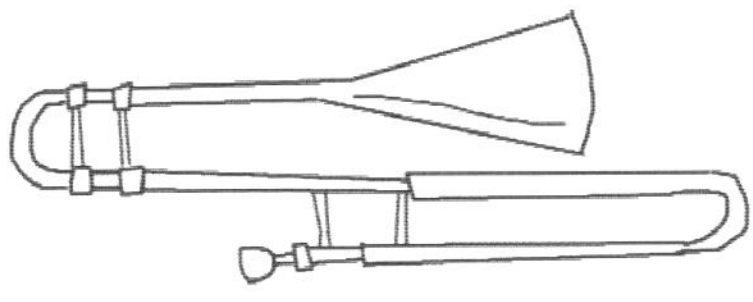

17.5.) Lob der Verwandlung

Unter den Melancholischen Wolken blieb keine der Textpersonen sie selbst. Mimi La Whipp verwandelte sich in eine seltene Briefmarke, Mein Spatz war eine Posaune, gemeinsam waren sie ein Song über einen wild tanzenden Dämon*, der

---

* Vielleicht ist der Song von The Residents mit dem Titel: „Demons Dance Alone“ auf diese Art und Weise entstanden.

sich gerne bewundern ließ. Unterdessen verwandelte sich Suzie Traktor in eine Textkritik, Kin in einen 3D-Drucker und die Autorin in einen Heißluftballon, mit dem und als der sie in die Luft stieg. Die Melancholischen Wolken verwandelten sich in Sprechblasen, die diesen Flug begleiteten. Als der Heißluftballon jedoch die Höhe der Melancholischen Wolken erreichte, verschwand er selbst in einer solchen. Es verging einige Zeit, bis es gelang, die Wolke zu verlassen. Aus der Zeit in der Melancholischen Wolke stammen einige Gedichte der Autorin, die aufgrund ihrer schaurigen Schönheit in der Lage sind, selbst Melancholische Wolken von beachtlicher Größe hervorzubringen und deren Lektüre nur Leser:innen mit gefestigter innerer Verfassung empfohlen wird. Die Gedichte sind allerdings bislang unveröffentlicht geblieben und nur schwer aufzufinden.

17.6.) Haiku, von Renate Singspiel gesungen

Nichts ist für immer.
Also will ich Nichts werden
und immer bleiben.

17.7.) Gutes Leben im Text

Mimi La Whipp und Mein Spatz lebten bis ans Ende ihrer Tage mit Silver, Mira und Renate Singspiel im Bold Hearts Pub über den Wolken. Suzie Traktor wurde Meisterdetektivin und Kin verteilte sich virtuell über die Welt. Die Frage, ob es möglich sei, Biber und Bäume gleichermaßen zu lieben, wurde eine unbeantwortbare Schlüsselfrage einer Philosophie der gegenseitigen Sympathie, Duldung und Verstoffwechslung.

17.8.) Eine Hommage an die ausdauernde Hoffnung

Die Idee der Gerechtigkeit wurde unsterblich, das heißt, sie würde für immer am Leben bleiben, falls man bei einer Idee davon sprechen kann, dass sie am Leben ist, obwohl sie kein Lebewesen ist und genau genommen nur durch Lebewesen präsent gehalten wird.
Zur Idee der Gerechtigkeit sei an dieser Stelle die Untersuchung von Thomas Piketty* zum Thema der Vergrößerung der Gleichheit, also der gleichen Verteilung von Ressourcen erwähnt. Er zeigt am Beispiel der Vermögens- und Einkommensverhältnisse in Frankreich, dass – trotz der bestehenden und überwältigenden Ungleichheiten – es im letzten Jahrhundert einen kleinen Zuwachs an Gleichheit gab. Am allerwenigsten profitiert hat allerdings davon bis jetzt das ärmste Prozent der Bevölkerung.
Es ist nie aller Tage Abend, sagt die unsterbliche Idee immer.

17.9.) Auftritt einiger Wünsche (mit Publikumsfragen)

Woher kommen die Wünsche? Sie zittern sich durch Text und Welt, gelegentlich erfrischen und erholen sie sich an einem

* Vgl. Thomas Piketty: „Eine kurze Geschichte der Gleichheit", C.H. Beck 2022.

geographisch nicht näher bezeichneten Ort, einer Rehabilitationsstätte für Wünsche, die von der sogenannten real existierenden Wirklichkeit beschädigt wurden oder aber umgekehrt Schäden an derselben verursacht haben und nun in Reparaturtechniken geschult werden. Ob diese Rehabilitationsklinik etwas mit dem Bold Hearts Pub zu tun hat oder gar mit diesem ident ist, muss offen bleiben. Es wäre aber möglich.
Wer aber wünscht was, am Abschluss dieses Textes?
Mimi La Whipp wünscht sich das bedingungslose Grundeinkommen.
Mein Spatz wünscht sich das süße Leben.
Suzie Traktor wünscht sich Schokolade.
Kin wünscht sich den KostNixLaden.
Silver, Mira und Renate Singspiel wünschen sich das Glück.

Frage 1: Worin unterscheiden sich diese Wünsche?
Frage 2: Können sie nebeneinander bestehen?
Frage 3: Welchem Wunsch willst Du Dich anschließen?

17.10.) Kryptische Variante

Ein Vorkommen des chemischen Elementes Kryptonit wird in unmittelbarer Nähe des Bold Hearts Pub entdeckt. Den meisten Textfiguren und der Autorin kann dies egal sein, aber für die Person A, die unter anderem Superwoman ist, bedeutet Kryptonit Lebensgefahr, weswegen sie sich schnellstens aus dem Text zurückzieht.

17.11.) Die Ballade des Bold Hearts Pubs

In Melancholischen Wolken
trotzt ein verlorener Platz
er dehnt sich unendlich
er beherbergt

drei Bewohnerinnen
eine davon singt
eine davon trägt Vögel im Haar
eine vernäht alle Risse
mit unzerreißbarem Zwirn
wir geben noch nichts verloren
singt das Lied
die Wolken dehnen sich aus
die Vögel fliegen hoch
die Zeit steht still
ich, wer auch immer ich bin
schreib das alles auf
für später
wenn wir nicht gestorben
sind

17.12.) Logische Variante

Mimi La Whipp zieht sich zurück, legt damit auch ihren Namen ab und wird wiederum Person A, privat unterwegs. Diese Person A beauftragt die Autorin Ilse Kilic, ihre Biographie aufzuschreiben. Arbeitstitel: „Meine neun Leben in neun Werken".
Mein Spatz zieht sich ebenfalls aus diesem Text zurück, hat sich allerdings bereits in einem weiteren Text beworben und eine zumindest mündliche Zusage erhalten. Zwischenzeitlich ist Mein Spatz noch außerhalb aller Texte als Person B unterwegs, im nächsten Text wird Person B vermutlich den Namen „Später Immer" tragen. In diesem Namen liegen alle verschobenen Wünsche und alle Vorsätze versteckt, Person B wird als Mahner:in im Regen auftreten.
Von Kin fehlt jede Spur. Diesen Text hat sie auf jeden Fall verlassen. Ihr steht alles offen.

---

* Als „Mahner im Regen" bezeichnete sich der Devianzforscher Rolf Schwendter, an dessen Zukunftsforschung hier erinnert werden soll.

Somit hat Ilse Kilic die Mahnung von Suzie Traktor berücksichtigt und keine Figur in diesem Text zurückgelassen, außer jene ungenannten und namentlich unbekannt gebliebenen Mitwirkenden am Text, die sich möglicherweise aber auch schon davongeschlichen haben, jedenfalls jene, die für Beleuchtung und Wetterwechsel verantwortlich zeichneten, es ist nämlich finster geworden, es regnet ausdauernd und Suzie Traktor eilt nun selbst davon, wahrscheinlich hat sie eine wichtige Sitzung oder sie geht mit Ilse Kilic und dem Dichter jopa jotakin schwimmen, um ihre Gesundheit zu fördern und die im Wasser verringerte Schwerkraft zu genießen.

17.13.) Die Leserinnen und Leser klappen das Buch zu.

Alle Figuren und Gedanken, seien sie in diesem Buch enthalten oder durch die Lektüre entstanden, schlüpfen in einen Tragebeutel*, und werden von einer der Personen in oder außerhalb dieses Buches an einen sicheren und freundlichen Ort verbracht, wo sie sich in Ruhe weiterentwickeln oder von all den Strapazen des Textes oder der Lektüre ausruhen können.

---

* Vgl. Buchtitel Ursula Le Guin: „Am Anfang war der Beutel“ bzw. „Die Tragetaschentheorie der Fiktion“, Drachen Verlag 2020. Die Autorin Ursula Le Guin verweist unter anderem auf die Wichtigkeit von Tragebeuteln und anderen Transport- oder Aufbewahrungsbehältnissen im Laufe der (auch evolutionären) Entwicklungen. Ja, es ist wichtig, Dinge aufbewahren zu können, für sich, für andere, für andernorts, für später. Brotbeutel, Bierfass, Buchstabensuppenteller, aber auch Hosentasche, Rucksack und Gedächtnis begegnen sich im Ausüben der Aufbewahrungstätigkeit auf verschiedene Art.

Schlusswort einer Melancholischen Wolke

* Und so weiter.

Inhaltsverzeichnis

Register der natürlichen Personen,
die in diesem Text sehr kurz, kurz, lang oder länger,
einmal oder auch mehrmals auftreten, alphabetisch
geordnet mit Hinweis auf den Ort ihres ersten Auftretens,
manchmal ergänzt um einen weiteren Auftrittsort:

Sabine Gruber, Intermezzo 2, Fußnote
Ursula Le Guin, Kapitel 17, Fußnote
Waltraud Haas, Kapitel 5
Donna Haraway, Kapitel 16, Fußnote
Karin Harrasser, Noch ein Vorwort, Fußnote
Wilhelm Hauff, Intermezzo 5, Fußnote
Ilse Helbich, Kapitel 3, Fußnote
Aleksandar Hemon, Kapitel 3, Fußnote
Bruce Henderson, Intermezzo 2
Veronique Homann, Kapitel 12
Wjatscheslaw Iwanow, Kapitel 12
jopa jotakin, Kapitel 17
Franz Kafka, Kapitel 12
Klimaaktivist:innen, Kapitel 10, Fußnote
Alexander Kluge, Kapitel 4, Fußnote
Andrea Knabl, Kapitel 9, Fußnote
Wayne Koestenbaum, Intermezzo 1, Fußnote
Pjotr Alexejewitsch Kropotkin, Kapitel 5
Henrietta Lacks, Kapitel 14, Fußnote
Lautréamont, Kapitel 11
Denise Levertov, Intermezzo 1
Markus Lindner, Kapitel 4, Fußnote
Edwin Lipburger, Intermezzo 2, Fußnote
Audre Lorde, Kapitel 5
Anna Lowenhaupt Tsing, Intermezzo 1
Lynn Margulies, Kapitel 12, Fußnote
Marvin Minsky, Kapitel 1, Fußnote
Christian Morgenstern, Intermezzo 5
Toni Morrison, Kapitel 10, Fußnote
Wolfgang Müller, Kapitel 9, Fußnote
Robert Musil, Noch ein Vorwort, Fußnote
Oskar Negt, Kapitel 4, Fußnote
Maggie Nelson, Kapitel 5
Flann O'Brien, Intermezzo 5

Bundesministerium
Kunst, Kultur,
öffentlicher Dienst und Sport

LAND KÄRNTEN
Kultur